山东文化体验廊道故事丛书·下编

青岛
历史文化故事

QINGDAO LISHI
WENHUA GUSHI

总编纂　王志民
主　编　王春元

山东文艺出版社

图书在版编目（CIP）数据

青岛历史文化故事 / 王春元主编 . — 济南：山东文艺出版社，2023.9
（山东文化体验廊道故事丛书）
ISBN 978-7-5329-6981-4

Ⅰ.①青… Ⅱ.①王… Ⅲ.①历史故事—作品集—中国 Ⅳ.①I247.81

中国国家版本馆CIP数据核字（2023）第153084号

青岛历史文化故事

QINGDAO LISHI WENHUA GUSHI

总编纂　王志民　　主编　王春元

主管单位　山东出版传媒股份有限公司
出版发行　山东文艺出版社
社　　址　山东省济南市英雄山路189号
邮　　编　250002
网　　址　www.sdwypress.com

读者服务　0531-82098776（总编室）
　　　　　　0531-82098775（市场营销部）
电子邮箱　sdwy@sdpress.com.cn

印　　刷　山东临沂新华印刷物流集团有限责任公司
开　　本　880毫米×1230毫米　1/32
印　　张　7.25
字　　数　152千
版　　次　2023年9月第1版
印　　次　2023年9月第1次印刷
书　　号　ISBN 978-7-5329-6981-4
定　　价　59.00元

前　言

党的二十大报告明确提出："坚守中华文化立场，提炼展示中华文明的精神标识和文化精髓，加快构建中国话语和中国叙事体系，讲好中国故事、传播好中国声音，展现可信、可爱、可敬的中国形象。"习近平总书记在文化传承发展座谈会上深刻指出，要在新起点上继续推动文化繁荣、建设文化强国、建设中华民族现代文明。编纂出版《山东文化体验廊道故事丛书》（以下简称《丛书》）是深入学习贯彻党的二十大精神和习近平总书记重要指示精神，贯彻落实山东省委、省政府关于打造文化"两创"新标杆部署要求的重要举措，是立足山东文化资源优势，以沿黄河、沿大运河、沿齐长城、沿黄渤海和沿胶济铁路等文化体验廊道为轴线，以各市文化体验廊道建设为着力点，撷取历史文化精华的大型普及性学术工程，是在新的历史起点上讲好山东故事、坚定文化自信、推动文化繁荣、促进文旅结合的重点文化项目。

山东，古称"齐鲁之邦"，是中华文明最重要的发源地之一。奔流的黄河由山东入海，齐鲁大地是黄河文明的核心区域之一。巍峨屹立的泰山，自古以来就是历代帝王封禅之地，是中国东方上层文化的活动中心，1987年被联合国教科文组织列为中国第一个世界文化、自然双重遗产。黄渤海环绕的山东半岛是全国最大的半岛，漫长海岸线形成了丰厚的海洋文化资源，一直是中国北方海上丝绸之路的重要门户。山东又是伟大思想家、教育家孔子和孟子的故乡，是儒家文化的发源地，是中国人乃至全球华人、华裔心中的"圣地"。在被称为中华文明"轴心时代"的春秋战国时期，齐鲁是中华文明的"重心"所在：诸子百家，多出齐鲁；儒墨显学，独领风骚。齐国故都临淄，是当时最大的工商业都城，被国际足联命名为"足球起源地"；这里诞生了中国历史上最早的大学堂——稷下学宫，是诸子百家争鸣的学术文化中心；齐长城西起济水，东到大海，蜿蜒于泰沂山脉，全长一千余里，是现存最早的有准确遗迹可考、保存状况较好的古代长城；被列为世界文化遗产名录的京杭大运河，纵贯山东南北，极大影响了元明清以来山东地区的经济文化发展，鲁西沿岸城市带的崛起，成为中国南北文化交流融合的运河明珠，见证了山东地区社会文化的隆替嬗变。近代以来，随着烟台、青岛等沿海城市的崛起和胶济铁路的修筑，山东成为中西文化交流、冲突、碰撞、融合的核心地区之一，收回青岛主权成为"五四"爱国运动的导火索。革命战争年代，山东党政军民用生命和鲜血凝聚而成的"党群同心、军民情深、水乳交融、生死与共"的"沂蒙精神"，是齐鲁优秀文化、伟大建党精神与中国共产党领导的人民革命英雄主义精神的集中体现，是对山东境内沂蒙、胶东、渤海、鲁西（冀鲁豫边区）

等抗日革命根据地红色文化、革命精神的集中凝练和概括，与延安精神、井冈山精神、西柏坡精神等一起成为中国共产党人精神谱系的重要组成部分。齐鲁文化在中华文明发展中的特殊地位，山东地区源远流长、丰富厚重的文化资源，坚定文化自信和自觉的历史责任担当是我们举全省之力编纂《丛书》的内在动力。

《丛书》以国家文化公园建设为引领，以落实文化"两创"、推动"两个结合"为宗旨，以推动全省及各市文化建设为目标，是具有权威性、故事性、可读性、趣味性的历史故事集成，是一套可携带、可利用、可转化的文化读本。《丛书》分为上、下两编，上编16本，围绕"四廊一线"文化体验廊道、八大文化传承发展片区展开。"四廊一线"构筑的沿黄河、沿大运河、沿齐长城、沿黄渤海、沿胶济铁路的文化交通线纵横交错，相互联系又各具特色，其特点是以脍炙人口的故事形式联通"四廊一线"的人物事迹、重点景区、遗址遗迹等，厚植文化体验廊道的思想内涵和文化底蕴。八大文化传承发展片区，既涵盖了沂蒙、渤海、鲁西、胶东四大红色文化片区，又吸收了泰山文化、儒学文化、齐文化作为重要支撑，演奏出山东历史文化、革命文化、社会主义先进文化的时代交响。下编16本，紧紧围绕各地市优势和特色展开，主要记述本地区历史故事、文化遗址与人文景观、非物质文化遗产等内容，是推动文化廊道落地、推进片区文化建设、增强文化认同、深化文旅体验的重要载体。

《丛书》由山东省委常委、宣传部部长白玉刚统筹谋划和指导，省委宣传部专门组建学术编纂委员会负责具体实施，省直各有关部门和各市委宣传部给予大力支持配合，省内相关高校、研究机构和各市有关单位共 100 余位专家学者积极参与，历经酝酿策划、启动实施、提纲设计、样稿研讨、通稿审稿、编辑出版等六个阶段。2022 年以来，省委、省政府先后印发《关于打造中华优秀传统文化"两创"新标杆行动计划（2022—2025 年）》《关于建设文化体验廊道推动文旅融合高质量发展的实施计划（2023—2025 年）》，全方位挖掘展现山东人文沃土可以深度耕作的比较优势，为《丛书》编纂做好了思想、学术和组织准备。具体编纂过程中，省委宣传部专门印发《关于做好〈丛书〉编纂工作的指导意见》，统一思想认识，作出全面部署。编委会以线上线下形式，多次召开全体会议和分组专题会议，狠抓三个重要工作节点：**一是审定编撰提纲。**通过反复研讨、交流、修改、会审等形式逐一审定编写提纲，最大程度保证全书质量。**二是树立样稿典型。**集中力量撰写、反复研讨修改，确定分类样稿，做好典型导引。**三是全力做好通稿统审。**采用主编初审、各卷主编交流互审、学术专家主审、首席专家终审等层层把关、集中审查、反复修改的方式提高稿件质量。

回顾《丛书》编纂工作，始终注意把握好以下四个方面：**一是坚定文化自信。**通过挖掘历史资料、开发历史资源、恢复历史场景等形式，获取文化营养，坚定文化自信。**二是助推文化自觉。**通过传承弘扬优秀传统文化、红色文化、社会主义先进文化，深入挖掘历史先贤和革命先烈的伟大事迹，推动文化自觉，与培育践行社会主义核心价值观有机结合。**三是落实文**

化"两创"。精选真实历史故事，注重挖掘故事背后的文化内涵，推动齐鲁优秀传统文化在新时代创造性转化和创新性发展，推进文化自信自强。**四是服务文旅融合。**借助故事、景观、遗址、非遗讲解词、短视频等融媒体形式，让广大读者在区域文化旅游、廊道文化体验中感受中华文化的博大精深，增强民族自豪感和自信心。

在内容撰写上注重四个结合：**一是与廊道体验相结合。**突出廊道建设概念，以故事为纬线，以时代发展为轴线，通过富有魅力的故事讲述，展示历史人物、景观、史实，引领读者体验传统文化的恢宏气势和博大精深。**二是与景观建设相结合。**以真实动人的故事为景观建设提供重要的历史资源和文化依据，通过一个个精品景观建设展示历史故事的丰富内涵和当代价值。**三是与文物保护相结合。**通过讲述历史故事，让广大读者进一步了解相关文物、遗址的历史文化价值，提升文物保护意识，推动群众性文物保护工作再上新台阶。**四是与媒体利用相结合。**立足于故事转化，使故事成为各类媒体传播的重要基础、蓝本和素材，成为廊道文化、片区文化讲解、传播的重要学术依据和资料来源。

《丛书》的编纂出版，是普及、传播优秀传统文化，推动文化"两创"的新尝试。衷心希望广大读者通过阅读本书，吸收丰富文化营养，多提宝贵修改意见。

编者

2023 年 8 月

导　语

　　青岛市地处山东半岛东南部，东临黄海，处于胶州湾畔。总面积为11293平方公里，常住人口1035万人。下辖市南、市北、李沧、城阳、崂山、西海岸、即墨七个区和胶州、平度、莱西三个县级市。青岛于1891年建置，至今有132年的城市建置史，是一座特别年轻的城市。青岛的城市建置虽短，但所辖区域拥有的历史很长。青岛历史源远流长，文化光辉灿烂，在几千年的文化演进过程中，形成了丰富的历史文化资源。

（一）

　　在青岛地区的方志和历史文献中，最早出现"青岛"一词的，是明朝万历七年（1579）刊印的《即墨县志》。据该志卷二"地理·山川"记载，即墨有海岛十三，其中巉山岛、颜武岛、白马岛、青岛、竹槎岛诸岛，"俱在县东海中"；十四海口中，"青岛，在县东一百里"。这两处记载中，青岛是指以"青岛"为名的海岛和海口。据李玉尚教授考证，此海岛为今即墨田横镇之三平岛，此海口为田横镇渔村周戈庄村前海湾，并非今天青岛市区的小青岛和青岛口。田横镇的三平岛原名青岛，因草木繁茂，望之青翠而得名，后因与青岛市重名，改称小青岛，1984 年始定名为三平岛。由此可知，"青岛"一词，在明朝万历年间已经出现，是海岛和海口的名字，与今天青岛所指地理位置完全不同。

清朝初年及以后，在青岛地区的方志和文献中，频繁出现"青岛"一词，主要有"小青岛""青岛湾""青岛口""青岛山""青岛村""青岛河"等。"小青岛"即今天的小青岛；栈桥和小青岛所在的海湾就是"青岛湾"，也叫"青岛口"；"青岛山"也叫京山，现已建为青岛山公园，山上有炮台遗址；青岛湾东岸今龙口路、人民会堂一带，为"青岛村"；"青岛河"为信号山、八关山两山溪水形成的河流。从以上名称可知，此一时期方志和文献记载中的青岛，与今天的地理位置完全吻合。

据同治四年（1865）青岛天后宫《募建戏楼碑记》记载："窃闻青岛开创以来，百有余年矣。迄今旅客商人，云集而至。"碑文中将青岛开创的时间，上推了 100 余年，也就是至少可以上溯到 1765 年，"青岛"一词所指代的，也不再局限于一岛一山，而是青岛这一区域的总称。募建戏楼、"旅客商人，云集而至"，可知这时期的青岛商贸发展、人口聚集。根据以上观点，早在 1891 年青岛建置之前，青岛这一区域已经形成商埠，并且相当繁荣，"青岛"也已经作为区域概念，用于对小青岛及周边海口、村落、山、河的统称。1899 年，德国将胶澳租借地内的新市区命名为青岛，进一步扩大了青岛的地域范围。

（二）

　　青岛作为行政区划的概念较晚，在明清之前的较长历史时期内，青岛地区归属即墨、胶州、诸城等地所辖。因此，我们有必要首先对青岛历史文化的内涵作一明确界定。在时间上，青岛历史文化应从远古到当下，这是一条完整的时间链条；在空间上，青岛现有行政区划范围内的所有历史文化均为青岛历史文化；在叙事上，应按照青岛现有行政区划范围所有历史文化的时间先后顺序来表述。

　　青岛地区在史前与夏商之际，属莱夷之地，有东夷族在这里生活。西周时期属夷国。春秋战国时期，先后为介国、夷国、莱国属地。公元前 567 年，齐灭莱，青岛地区完全归属齐国。公元前 369 年，齐封即墨大夫，即墨始称名于世，同时也开启了青岛地区多数时候归属即墨的历史。秦朝统一后，青岛地区的东北部属胶东郡，西部属琅琊郡。

　　汉朝承袭秦郡县制，同时也分封诸侯王，青岛地区分属胶东国和琅琊郡。公元前 201 年，汉高祖刘邦立自己的长子刘肥为齐王，封地有七十余城，老百姓中凡能说齐地方言的，都划给了齐，青岛地区均为齐王封地。封地内的胶东国和琅琊郡下，又设有即墨、皋虞、长广、平度、壮武、徐乡、郁秩、不其、黔陬、计斤、柜、姑幕、诸等县。刘肥的儿子中，有九人被封为王，其中刘卬为胶西王，刘雄渠为胶东王。公元前 153 年，刘彻被立为胶东王，因只有四岁，不之国。公元前 148 年，汉

3

景帝之子康王刘寄被封为胶东王。刘寄子孙世袭胶东王，直到西汉末年。今天平度市古岘镇六曲山古墓群，就是以康王刘寄和他的后世子孙为主的墓群。

三国时期，青岛地区属魏国，不其县属东莱郡。西晋统一后，不其县属长广郡并为其郡治。南北朝时期，青岛地区先后隶属青州长广郡、北海郡、高密郡、东莱郡等。北魏孝庄帝永安二年（529），在胶州湾西部建立了胶州。胶州之名来源于胶河，胶河因河水似胶而得名。胶州辖东武、高密等地。隋朝重新统一了中国，隋文帝开皇十六年（596）在胶州湾西岸的旧黔陬县址建立胶西县。又重建即墨县，隶属东莱郡，其辖境包括壮武、不其、皋虞等地，直到清末大体没有变化。

唐代武德六年(623)，胶西县并入高密县，以其地为板桥镇，成为胶州湾的重要海港。北宋时期，青岛地区属京东路莱州（即墨县、胶水县）、密州（胶西县）。宋元祐三年（1088），以板桥镇为胶西县，兼临海军使。在板桥镇设立市舶司，板桥镇成为全国设司的五大海港之一，也是北方唯一的对外贸易港。金代，青岛地区建置一如宋朝。因宋金对峙，胶西开设榷场，以利互市，青岛海港地位较之以前更加重要，在国内外交通贸易中发挥了显著的作用。元代，于公元1227年设胶州，领胶西、即墨、高密三县，隶属益都路。元定都大都后，开凿了胶莱运河，沟通胶州湾和莱州湾。

明代，青岛地区属莱州府，下设即墨县、胶州、平度州。为加强海上防卫，明洪武年间，在即墨设鳌山卫，下辖浮山所，另有雄崖所为守御千户所，由山东省都司直接管辖；在胶州设

4

灵山卫，下辖夏河所、胶州守御所。清代，青岛地区的州县建置大体延续明代，但明朝建立的各卫、所被裁撤。清朝同治年间，现青岛市区属于即墨县仁化乡文峰社。1891 年，清政府议决在胶州湾设防，调登州镇总兵章高元移驻青岛，这是青岛建置的开始。

清朝末年，国家积弱积贫，帝国主义纷纷入侵中国，划分势力范围。青岛附近的胶州湾为天然良港，列强觊觎已久。1897 年 11 月，德国以巨野教案为借口，出兵占领胶州湾。1914 年，日本借欧洲战事之机，托词将青岛要回之后交还中国，出兵打败德军，侵占青岛。1919 年，为抗议北洋政府在巴黎和会上的妥协，争回青岛权益，国内爆发了五四运动。1922 年，中国政府收回青岛。1929 年，南京国民政府统一中国后，青岛成为特别市。1938 年，日本再次占领青岛。1945 年，抗日战争胜利后，国民政府恢复对青岛的统治。1949 年 6 月 2 日，青岛解放，从此开启了青岛新的历史篇章。

（三）

青岛历史文化是齐鲁文化的重要组成部分，海洋文化是其文化底色，在发展过程中又融入了异国文化和移民文化等。齐鲁文化是青岛文化的源头，海洋文化、异国文化和移民文化是青岛历史文化的支脉，青岛文化具有源的双重性和流的多样性特点。

山海交会，养生福地。青岛地处山海之间，为东方胜游之地，同时也充满神秘色彩。《后汉书·东夷列传》称东方为夷，东夷之地仁厚好生，万物滋长，东方之人生性柔顺，这里有君子国和不死国。秦汉之际，秦始皇、汉武帝多次东巡琅琊，寻求长生不老之药，此后历代，来此寻仙问药以求长生的记载，史不绝书。崂山山海辉映、峰奇谷幽，有"海上名山第一"之称，自古就有"神仙窟宅"的美誉。西汉张廉夫在崂山结庐修行，崂山道教由此开山。唐朝时，崂山被封为"辅唐山"，唐玄宗曾派遣人到崂山炼丹制药，王旻、孙昙、李哲玄等道士前来崂山修行。宋初，华盖真人刘若拙将崂山道教发扬光大。金元时期，全真教七子丘处机、刘处玄等人，相继传教崂山，崂山道教达到全盛，有"九宫八观七十二庵"之称，号称"道教全真天下第二丛林"。

海陆交通要冲，东方海上丝绸之路起源地。胶州湾沿畔自古以来多海上天然港口，几乎在历史的各个时期都是国内东西海陆交通和南北海上交通的重要枢纽，也是朝鲜半岛、日本列岛的重要通航港。从胶州湾向西，是广阔的陆地；向东是浩瀚的海洋，与朝鲜半岛、日本列岛隔海相望；向南沿海顺流而下，可达江浙闽粤，直至东南亚一带。春秋战国时期，琅琊港已经成为南北海陆交通和贸易的枢纽，是东亚历史上最古老的港口之一，也是东方海上丝绸之路起源地。秦汉之际，先后有徐福东渡日本、王仲东渡朝鲜半岛等航海活动。东晋时，高僧法显由海路归国，在崂山登陆。隋唐时期，胶州板桥镇成为国内南北海上交通的中转站和朝鲜半岛、日本列岛往来中国的海上要道，在对外贸易和文化交流中发挥了重要作用。宋金时期，板桥镇成为北方对外商贸往来的最大港口，金政府在此设立胶西榷场。元明清时期，先后开凿胶莱运河、马濠运河，缩短了南北水运航程。胶州湾沿岸的塔埠头、女姑口、金口、青岛口等港口延续中外海上贸易盛况。近代以来，青岛港迅速崛起，成为北方海上交通和贸易的重要门户。

中西融合，多元文化交汇之地。十九世纪末期，晚清政府腐朽没落，软弱无能，德日图谋强占胶州湾，青岛被迫开始了近代化、城市化和工业化的进程，中国传统文化、现代文化、西方文化在这里交汇交融，风云激荡，共同形成了青岛近代多元文化特色。1897年，德国抢占青岛。1914年和1938年，日本两次抢占青岛。1898年的戊戌变法和1919年的五四运动，中国近代史上这两次重要的思想启蒙运动，皆因青岛而起。在德占期间，青岛建筑逐渐体现了欧陆风格，老市府、迎宾馆、江苏路基督教堂、八大关建筑群就是其中的代表。这些建筑体现着德国、西班牙、英国、日本、俄国等二十四个国家的建筑文化风格，其中八大关别墅区更是以"万国建筑博览会"而闻名于世。天后宫、回澜阁、万字会大殿等体现了中华民族传统建筑风格。浙江路天主教堂、江苏路基督教堂、湛山佛寺等宗教建筑，以及红万字会宗教建筑群，体现了佛教、道教、儒教、伊斯兰教和基督教等多教合一、多元文化融合共生的特色。二十世纪二三十年代，康有为、蔡元培、杨振声、洪深、王统照、老舍、萧红、萧军、沈从文、梁实秋、陆侃如、冯沅君、吴伯箫等文化名人先后在青岛或长久居住或短期停留，他们创办报纸、创建学校、讲学布道、著书立说、编印杂志，使青岛成为当时中国的文化绿洲。青岛还有光荣的革命传统，中共早期革命人物王尽美、邓恩铭、郭隆真、李慰农等，曾在此开展革命活动。这里还孕育了杨明斋、刘谦初、周浩然等革命先驱。

（四）

《青岛历史文化故事》是省委宣传部组织编撰的《山东文化体验廊道故事丛书》的青岛卷。本书的编写出版，对于贯彻落实党的二十大精神，推动中华优秀传统文化创造性转化、创新性发展，具有重要意义，对于深入挖掘和系统整理青岛历史文化资源，丰富青岛文化内涵，提升青岛文化品位，突出青岛文化特色，实现文旅融合发展，同样具有重要的现实意义。《青岛历史文化故事》分"历史风云""史迹寻踪""人物春秋""非遗撷英""海上崂山"五部分，共选取了有较强故事性的75个故事。希望通过《青岛历史文化故事》，让广大读者领略青岛历史文化的风采，共同讲好青岛故事，传播青岛声音，推进青岛历史文化资源的活化利用，为中华优秀传统文化的传承发展，为齐鲁文化的发扬光大，贡献青岛力量。

目　录

前　言 / 1

导　语 / 1

一、历史风云 / 1

（一）史海钩沉 / 3

1. 田单火牛阵

出奇制胜的经典战役 / 3

2. 义士田横

田横五百士慷慨殉义 / 6

3. 曹操幽杀伏皇后

伏氏家族灭族之谜 / 8

4. 李毓昌赈灾案

清朝四大冤案之一 / 10

5. 顾维钧雄辩巴黎和会

　　　　山东问题成为悬案　／13

　　6.“边缘谈判”

　　　　华盛顿会议争回青岛　／15

（二）工商史苑　／18

　　1.华新纱厂

　　　　民族纺织工业兴起于沧口　／18

　　2.废除胶平银

　　　　收回青岛金融权益　／20

　　3.即墨老酒

　　　　好喝的液体蛋糕　／22

　　4.青岛啤酒

　　　　慕尼黑夺金奖造就百年品牌　／25

（三）红色记忆　／28

　　1.中共青岛支部

　　　　党在青岛的摇篮　／28

　　2.高家民兵联防

　　　　抗击日寇的游击战典范　／31

　　3.“黄安舰起义”

　　　　人民海军的第一艘军舰　／33

　　4.王新元领导护厂斗争

　　　　没有硝烟的战场　／36

　　5.《同意对青岛举行威胁攻击》

　　　　毛泽东亲笔起草的解放青岛电令　／38

　　6.人民英雄纪念碑碑心石

丰碑上的"青岛芯" / 41

二、史迹寻踪 / 45

(一)夷风古韵 / 47

1. 大珠山旧石器遗址

   六万年前的"青岛人" / 47

2. 东岳石遗址

   岳石文化的命名地 / 50

3. 西皇姑庵遗址

   商周文化东进胶东的先锋 / 53

4. 三埠李家遗址

   夷、齐交融路上的要塞 / 55

5. 即墨故城

   齐国五都之一 / 58

6. 琅琊台遗址

   秦皇汉武巡狩刻碑地 / 61

7. 六曲山古墓群

   胶东诸侯的汉家陵阙 / 63

8. 祓国都城遗址

   从国都到牧马城 / 66

9. 即墨县衙

   清廉立本的千年衙署 / 67

(二)建筑荟萃 / 70

1. 青岛德国总督楼

从总督官邸到公共迎宾馆　/70

　　2. 俾斯麦兵营

　　　变身私立青岛大学　/73

　　3. 八大关

　　　融合万方的万国建筑博览会　/75

　　4. 大鲍岛里院

　　　中西合璧的建筑样本　/78

　　5. 栈桥回澜阁

　　　寄托民族精神的城市地标　/80

　　6. 红万字会

　　　五教合一的特色建筑　/83

　　7. 水准原点

　　　为山河作注　/85

三、人物春秋　/89

(一) 先贤硕儒　/91

　　1. 王吉休妻

　　　琅琊王氏家风清廉　/91

　　2. 三边大捷

　　　功著边陲的黄嘉善　/93

　　3. 镜镕山下著书人

　　　律学宗师王邦直　/95

　　4. 后尚左手

　　　扬州八怪中的"西园左笔"高凤翰　/97

5.天游园

　　康有为晚年的居住地　/ 99

（二）大师云集　/ 102

　　1.沉默寡言的大学校长

　　　赵太侔掌舵国立山东大学　/ 102

　　2.神通广大的朋友圈

　　　杨振声缔造"酒中八仙"　/ 104

　　3.《骆驼祥子》

　　　老舍在青岛的创作高峰　/ 107

　　4.君子国的美食

　　　梁实秋在青岛的美好岁月　/ 110

　　5.刹那的永恒

　　　闻一多创作新诗《奇迹》　/ 112

　　6."乡下人喝杯甜酒吧"

　　　沈从文的甜蜜爱情故事　/ 114

　　7.《劫后桃花》

　　　洪深编剧的特级巨作　/ 117

　　8.创办文学期刊《青潮》

　　　王统照拓荒青岛新文学　/ 119

　　9.创办海洋系

　　　赫崇本奠基中国物理海洋学　/ 122

（三）忠烈英魂　/ 124

　　1.杨明斋

　　　受人尊敬的"忠厚长者"　/ 124

2. 郭隆真

   北方妇女运动的先驱　/ 127

3. 李慰农

   从"农民博士"到"工运先驱"　/ 130

4. 刘谦初

   毛主席的亲家　/ 132

5. 王尽美

   "尽善尽美"的马克思主义者　/ 135

6. 周浩然

   投笔从戎的楷模　/ 137

四、非遗撷英 / 141

(一)民俗风情 / 143

1. 夙沙氏煮海为盐

   胶州湾"盐宗"的传说　/ 143

2. 胡峄阳驱邪镇妖

   儒仙精神山高水长　/ 145

3. 秃尾巴老李

   黑龙神护乡显灵　/ 147

(二)艺文荟萃 / 150

1. 北魏石造像

   道尽沧桑漫漫回家路　/ 150

2. 天柱山摩崖石刻

   中国书法史上的妙品　/ 152

3.海云庵糖球会

　　五彩斑斓的年味大戏　/155

4.茂腔

　　从肘鼓子到"七忙八不闲"　/157

5.柳腔

　　拉魂一曲醉人心　/160

6.胶东大鼓

　　擂动生命的鼓点　/163

7.胶州秧歌

　　广场舞的活化石　/166

8.宗家庄木版年画

　　棠梨木上的美好愿望　/168

五、海上崂山　/173

（一）文化名山　/175

1.郑玄讲学不其山

　　康成书院延续圣人文脉　/175

2.明僧绍聚徒立学

　　崂山儒学又一高峰　/177

3.丘处机一言止杀

　　造就全真天下第二丛林　/179

4.张三丰三入仙山

　　一代宗师与崂山的不解之缘　/183

5.憨山大师创建海印寺

　　　　一场有名的佛道之争　/184

　　6.崇祯遗妃创作《离恨天》

　　　　宫廷音乐与道教音乐的融合　/187

（二）仙山洞府　/189

　　1.李哲玄筑修三皇庵

　　　　崂山道教的兴盛　/189

　　2.刘若拙奉敕重修太平宫

　　　　崂山道教闻名天下　/191

　　3.深山巨刹华严寺

　　　　历经浩劫的佛教道场　/192

（三）名人游踪　/195

　　1.“劳山餐紫霞”

　　　　诗仙李白的山海情怀　/195

　　2.蒲松龄书写崂山道士

　　　　广为流传的民间故事　/197

　　3.文人墨客寄情北九水

　　　　一个贪看斜阳的时代　/199

　　后　记　/203

一

历史风云

青岛的建置时间虽短，但历史很长。早在旧石器时代，古人类就在这里繁衍生息；至新石器时代，东夷族创造了最早的东夷文化。在几千年的历史进程中，田单火牛阵破燕、秦皇汉武东巡琅琊、田横五百士殉节、密州板桥镇通航朝鲜半岛和日本、设立市舶司和胶西榷场、开凿胶莱运河等，都发生在这片土地上。近代以来，中国历史上两次大的思想启蒙运动戊戌变法和五四运动，皆因青岛而起。中国共产党成立后，王尽美、邓恩铭等一批革命志士在这里从事地下活动，组织工人运动。青岛历史文化源远流长，革命文化底蕴深厚，为丰富发展齐鲁文化、传承弘扬中华优秀传统文化贡献了自己的力量，谱写了光辉灿烂的青岛篇章。

（一）史海钩沉

1. 田单火牛阵

出奇制胜的经典战役

斜阳余晖里，铁甲闪着寒光，大战间隙的即墨城，空气中弥漫着血腥之气。城墙上的齐国将士们，正利用难得的喘息机会，补给营养，修整兵器，做着战事准备。即墨城外，护城河前四散着兵甲、战车和累累的尸体，泥土被鲜血染红。此战正是战国时期的五国伐齐之役。

公元前 284 年，燕、赵、魏、韩、秦五国约以伐齐，燕国大将乐毅带领联军，一路势如破竹，锐不可当，先大败齐军于济水，后又攻破齐国都城。仅用半年时间，联军便占领了齐国七十二城。齐国所有城邑之中，仅剩即墨和莒城犹在苦苦支撑。此时的齐国已满目疮痍，几百年来积攒的财富被掠夺一空，连宗庙陵寝都付之一炬，灭国恐在旦夕之间。

乐毅率军围困即墨城，即墨守将战死。齐王田氏的宗室子弟田单，曾在安平保卫战中临危不惧，带领军民全身而退。因此，大敌当前之际，城中军民皆拥戴田单为守城之将，带领众人共同抵抗入侵之敌。

田单明白，要想保住即墨，转危为安，就必须先除掉乐毅。

恰在此时，燕昭王去世，惠王即位。田单巧妙利用燕惠王与乐毅有隔阂这一点，实行反间之计。他派人去燕国散布谣言，称乐毅攻打齐国，之所以久攻不下即墨和莒城，是因为他想联合即墨和莒城守军，自己另立为王，取齐王而代之。燕惠王信以为真，下令以骑劫替换乐毅，燕军士卒多不服这一决策，纷纷为主将乐毅打抱不平，致使军心涣散。

田单随即又施一计。他命城里百姓祭祀先祖时，必须在庭院中摆放饭菜。这一做法引得群鸟在城内上空盘旋，并飞下来啄食饭菜。看到这种景象，燕军十分惊讶。田单对外宣称，这是神明相助齐国。有一名小卒开玩笑说："这个神灵是我吗？"田单听后立刻将他找来，把他奉为神灵。见田单当了真，这名小卒心虚了，承认是在欺骗田单。田单反而告诫他，让他看破不说破。自此，田单每当发布约束军民的命令时，皆宣称这是神灵的旨意。

两计成功之后，田单又生一计。他先让人偷偷放话，说守城的齐军最害怕燕军割掉齐国战俘的鼻子，并在两军对垒时将这些战俘排至阵前；又说齐军害怕燕军挖掘城外坟墓，侮辱齐人祖先。骑劫听说之后，自以为抓到了齐人的命脉，立刻命手下照做。城中之人目睹燕军割掉齐军俘虏的鼻子，并在城外掘墓焚尸，皆悲愤交加，更坚定了同仇敌忾、死守城池、打败燕军的信念。

最后，田单巧用欲擒故纵计。他命军中精锐之士埋伏起来，让老弱妇孺登城防守，故意向燕军示弱。田单还让即墨富户携带财宝出城，偷偷赠予骑劫，以换取城破后自己和家中亲眷的平安。骑劫非常高兴，满口答应，燕军也由此更加骄纵松懈。而与之形成鲜明对比的则是，在齐军阵营中，田单与士兵同吃同住，带头筑墙挖壕，甚至把妻妾都编进队伍中，还把全部食物都拿出来犒劳士兵。

连环计的成功，加快了决战时机的到来，齐军可与燕军决一死战了。田单在城内征收了一千多头牛，给这些牛都穿上画着龙形花纹的红色绸衣，并将尖刀绑至牛角上，再把淋了油脂的芦苇捆扎在牛尾上。晚上，齐人将牛尾上的芦苇梢点燃，从专门的通道中放牛出城，五千名壮士跟在牛的后面。燕军看见狂奔的火牛冲向己方阵营，惊愕之下竟完全不知如何应对，被冲撞得非死即伤，损失惨重。五千突袭的齐军在火牛的掩护下砍杀燕军，留守的士兵则擂鼓呐喊，连城中老弱都纷纷击打家中器皿以壮声势。燕军惊惧溃逃，骑劫也被诛杀。火牛阵的成

《即墨之战——田单火牛阵》油画（孙吉全绘）

功，令齐军士气大增，被俘的齐军士兵也趁机脱离燕国控制，复归齐国。

随后，田单率军乘胜追击，陆续收复了被占领的七十多座城池，迎接齐襄王进入临淄处理国事。襄王封赏田单，赐号为安平君。至此，齐国的复国之战，以大获全胜而告终，田单的火牛阵战役也成为中国古代战争史上以智取胜的典范。

2. 义士田横

田横五百士慷慨殉义

在北京徐悲鸿纪念馆里有这样一幅油画：画面右侧是一个穿着红色衣服的男子，他眼神坚毅，昂头拱手作诀别状；左侧是一群人，有青年、老人、妇女和孩子，他们神色各异，有满怀悲愤者，也有沉默忧伤者，他们注视着红衣男子，仿佛知道男子这一去，就再也没有归来的可能了。整幅油画场面宏大，人物形象各具特色。这幅油画叫作《田横五百士》，截取的是田横前往洛阳时辞别众人的场景。画中的红衣男子，正是田横。

秦汉之际，风云突变。秦末，陈涉、吴广发动起义，反对秦王朝的残暴统治，田横与其兄田儋、田荣也加入了轰轰烈烈的反秦浪潮中，田儋自立为齐王。公元前205年，因项羽攻齐，无暇他顾，刘邦一举夺得彭城。为占据有利地势与获得粮食补给，刘邦派郦食其往齐，说服齐王田广归顺。郦食其以其三寸不烂之舌，使田广撤掉历下守军，携七十余座城池臣服于刘邦。郦食其只凭口舌便轻松拿下城池，引起了韩信的不满。韩信乘齐不备，率领军队攻打历下，郦食其被田广烹杀；韩信占领齐都临淄后，杀死了田广。于是，田横自立为王，投奔彭越。一年后，刘邦封彭越为梁王，田横只好率部下五百余人，逃入即墨东部海域的一个海岛，即后来的"田横岛"。田横在齐地有很高的威望，齐国贤士皆愿意依附于他。

公元前202年，刘邦派遣使节，前去招抚田横。田横说："之前郦食其奉命来齐，我们将其烹杀，现在他的弟弟是有名的将领，因此洛阳是不敢贸然前去的，还是在岛上做一个普通小民好了。"刘邦便又派使者安抚田横并许下承诺：如果田横来到洛阳，大者可以为王，小者可以为侯；如果不来，那只能将他们全数诛杀了。田横见没有回旋的余地，只得带着两个门客前往洛阳。

距离洛阳还有三十里时，田横等人在一个名叫尸乡的地方休息。田横对门客说："我以前与刘邦同为一方诸侯，现在却落得如此下场。汉王刘邦已为天子，而我田横却做了俘虏，还要称臣侍奉他，想想就很惭愧。"田横又对使节说："汉王无非是想看看我长什么样子，现在我割下头颅，你们快马飞奔三十里，见到汉王时，我依然能保持现在的样貌。"说完便拔剑自刎。刘邦听闻田横自尽，不禁感慨田横白手起家自立为王的贤能。两个门客后来也在田横墓旁自尽。刘邦知道还有五百壮士在海岛上后，便下令召五百壮士进京。而五百壮士得知田横自杀的消息后，也皆随之赴死。

"田横尚有三千客，茹苦间关不忍离"，郑成功在收复台湾、击退荷兰侵略者时，感慨辛酸与不易，曾经如是说道。1928年，

《田横五百士》油画（徐悲鸿绘）

徐悲鸿愤慨于蒋介石对日寇入侵的不抵抗政策，创作了大型油画《田横五百士》，希望借田横的故事，歌颂宁死不屈的精神，激励大众投身抵抗日军侵略的洪流中去。历史上的田横，是宁死不屈有节义精神的代表，而五百壮士慨然赴死，也侧面反映出田横的高尚节操与贤能。田横与五百义士宁死不屈的精神，一直激励着后人。

3. 曹操幽杀伏皇后

伏氏家族灭族之谜

历史上有一个家族，因一部《尚书》而地位显赫辉煌四百年，又因身为皇室贵戚而遭受灭族之灾，这就是伏氏家族。

伏氏家族的兴起，源于其第一代先贤伏生。伏生因保护《尚书》，使该书在秦以后得以流传于世，功劳显著。伏生的九世孙伏湛，在东汉建武六年（30），被光武帝刘秀封为不其侯，这一爵位代代传袭。其封地在不其城，位于崂山西北部，现青岛城阳就是因为在不其城之南而得名。伏湛的曾孙伏晨，娶了皇上的女儿尚平公主为妻，成为皇亲国戚，后来他的孙女又做了汉顺帝的贵人。

第七代不其侯伏完，有个女儿叫伏寿，是东汉最后一位皇帝汉献帝的皇后，即伏皇后。汉献帝初平元年（190），伏寿跟随汉献帝的车队从洛阳迁都长安，被立为贵人。伏寿跟着汉献帝在长安生活了五年，这五年是各种势力互相争斗的五年：汉献帝名为皇帝，实为傀儡；董卓独揽大权，残暴统治；司徒王允联合吕布除掉董卓；董卓部将李傕、郭汜赶走吕布，后又互相攻伐。经过一系列的动乱，关中地区百姓生活悲惨，生产活动受到很大摧残。公元195年，伏寿被册封为皇后，其父伏完任执金吾，即率禁兵保卫京城和宫城的官员。不久，汉献帝在杨奉和董承的护送下返回洛阳。曹操派兵来到洛阳，汉献帝封他为司隶校尉、录尚书事。曹操开始"挟天子以令诸侯"，汉献帝仍是一个没有实权的皇帝。

曹操见洛阳荒芜，难以作为都城，就带着汉献帝和伏皇后等人，迁都许都（今河南许昌东）。公元200年，汉献帝不满曹操大权独揽，不甘心作为傀儡，乃暗下衣带诏，咬破手指，写了一封血书，令车骑将军董承设法诛杀曹操。董承也是一位"国丈"，他的女儿是汉献帝的贵人。董承找了一帮志士计划除掉曹操，共同辅佐汉献帝。后来事件败露，董承等人全部被曹操诛杀，怀孕的董贵人也被绞杀。

伏皇后看到这种情况，一方面内心无比恐惧，另一方面要想办法除掉曹操。于是她给时任执金吾的父亲伏完写信，尽数曹操残暴不仁之事，希望伏完能够效仿董承，铲除权臣。但是伏完惧怕曹操势力，直到公元 210 年去世也没敢动手。公元 214 年，伏皇后密信谋诛曹操之事泄露，曹操非常生气，严厉追查，逼着汉献帝废掉伏皇后，又让尚书令华歆作为郗虑副手，率人入宫捉拿伏皇后。伏皇后吓得紧闭门户，躲在了夹壁中。华歆走近，一把把伏皇后拉了出来。当时，汉献帝正在外殿，刚把郗虑领到座位上。伏皇后披散着头发、光着脚跑来，她哭着向汉献帝哀求道："皇上您不能救救我吗？"汉献帝无奈地说："朕都不知道自己的命什么时候也会丢了！"在曹操的示意下，他们将伏皇后幽禁起来，一直到死。连她所生的两个皇子，也被曹操鸩杀。

对于伏氏宗亲，曹操大开杀戒，有一百多人被杀，伏氏担任不其侯的历史至此而绝。可以用一句话来概括伏氏一门——"因经学而兴，因贵戚而亡"。

4. 李毓昌赈灾案

清朝四大冤案之一

清嘉庆十三年（1808），即墨人李毓昌考中进士，以即用知县安排到江苏候补。当时，黄淮泛滥，江苏淮安一带洪水成灾，朝廷发放银两和粮食救济灾民。为防止地方官员贪污或挪用赈灾钱粮，两江总督铁保委派李毓昌等人到山阳县查赈。到达山阳后，李毓昌亲自到乡间核查户口，查到了山阳县知县王伸汉虚开户口、克扣赈银的确凿证据，准备向上司如实汇报，并起草了汇报文稿。

王伸汉听说后，十分害怕，先是让手下人包祥买通李毓昌的三个仆人李祥、顾祥、马连升，并以重金贿赂李毓昌，被李毓昌严词拒绝。王伸汉又让包祥伙同李祥等人，密谋窃取李毓昌揭发他贪污的文稿，但也没能成功。包祥跟王伸汉说："现在没有其他办法了，只有弄死这个李毓昌，才能断绝后患！"于是，王伸汉以工作为由，邀请李毓昌到县衙赴宴，李毓昌碍于情面，只好前往。席间，王伸汉不停劝酒，使得李毓昌大醉而归。李毓昌口渴，仆人李祥将毒药置于水中，服侍李毓昌喝下。夜里，李毓昌因毒药发作，腹痛而起，已偷偷躲在李毓昌房中的包祥，从李毓昌身后揪住他的头发。李毓昌瞪眼怒喝道："你们要干什么？"李祥说："我们不能伺候您了！"马连升随即解下自己身上的衣带，两人共同将李毓昌勒死，并伪造了李毓昌自缢而死的现场。李毓昌死后，王伸汉以李毓昌自杀而亡汇报给淮安知府王毂。王毂派人验尸，验尸者说死者口中有鲜血。被王伸汉买通的王毂生气地责罚了验尸者四十大板，并以李毓昌自缢而死上奏定案。

李毓昌的朋友沈某，因为很久没有得到李毓昌的消息，特地到山阳看望他。此时李毓昌已被害死，尸体已经入棺。李毓昌的族叔李太清，也已赶到山阳迎丧。沈某检视李毓昌的遗物时，发现他的书籍中夹有残稿半页，上面写有"山阳冒赈，以利啖毓昌，毓昌不敢受，恐负天子"等字句。这是李毓昌准备上报的文稿，李祥等人没有发现，因此没能销毁。沈某和李太清一起，运送李毓昌的灵柩回到家乡即墨。家人认为李毓昌死得蹊跷，又有半页残稿为证，于是开棺用银针检验，银针发黑，证明李毓昌确实是中毒而死。于是，李太清到京城诉冤，此事直接惊动了嘉庆皇帝。

嘉庆命令提解王毂、王伸汉等人到刑部会审，又命山东重新开棺验尸。经验尸发现，李毓昌尸体除胸前尸骨如故外，其余尸骨全是黑色，这是服毒后尚未殒命时被勒死所致。山东巡抚将验尸结果如实上报给朝廷。嘉庆皇帝闻听李毓昌的冤情后异常震怒，命令将包祥、顾祥、马连升处以极刑，将李祥押到李毓昌墓前摘心祭灵，将王毂、王伸汉依法论处，两江总督铁保免职流放新疆，贬谪其他相关官员，追赠李毓昌知府衔，将其事迹写入《循吏传》。嘉庆皇帝有感于李毓昌案，亲自写了《悯忠诗》三十韵，刻成石碑，立在李毓昌墓前。李毓昌被害时年仅三十余岁，还没有子嗣，嘉庆皇帝下诏为其立嗣，并赏嗣子李希佐为举人、李毓昌族叔李太清为武举人。李毓昌冤案终于得以昭雪。

李毓昌在山阳查赈中不畏强权、不循私利，为民请命、为国尽忠，体现出以民为本、以天下为己任的儒者情怀。在当代社会，弘扬这种儒者情怀，既有利于中华优秀传统文化的传承，也有利于推进青岛的文化建设与文化强市的打造。

5. 顾维钧雄辩巴黎和会

山东问题成为悬案

法国巴黎凡尔赛宫内，表情严肃的各国代表围坐在一起，专心致志地听着一位中国外交官的发言，这位外交官操着一口熟稔的英语，与日方代表据理力争，日方代表一度被问得瞠目结舌，无言以对。这位中国外交官就是顾维钧。

1919 年 1 月，第一次世界大战的战后协约会议，在法国巴黎凡尔赛宫召开。1 月 27 日，会议讨论青岛问题，邀请中日两国代表发言。当时，日本的主要目标是继承德国在山东的所有权益，中国则希望无条件地直接收回青岛。因此，中日两国展开激烈交锋。此时，顾维钧挺身而出。

顾维钧是美国哥伦比亚大学国际政治学博士，精通国际法，又对青岛问题有着深入研究，是巴黎和会上中国对外交涉的核心人物。他仅进行了一夜的准备，便与日本全权代表牧野伸显展开了正面交锋。顾维钧首先对山东的历史、人种、宗教、风俗、语言、国防等进行陈述，认为和会应将青岛、胶济铁路及附属权利完全直接归还中国。牧野则认为，中日已签订《关于山东之条约》和《山

顾维钧

东问题换文》《济顺高徐二路借款合同》两个"密约"，日本已"拥有"占领青岛的法理地位。此时，美国总统威尔逊询问牧野，是否可以将中日成约提交大会，牧野答复模糊，说此事须先请示日本政府。威尔逊旋即询问顾维钧，其立即回答："中国愿意提交。"牧野再次强调，中日间已有关于青岛的成约。顾维钧立即驳斥："中国很高兴听到牧野在巴黎和会上声明，日本以后将归还山东，但在归还手续上，中国认为一步直达较二步更为直接。牧野所称中日条约实际上是中国政府在一战期间迫于日本要求而签署的，应该是无效的；退一步讲，即使舍弃当时被迫签署之情景，中国政府充其量认为这些条约只是战争引起的临时问题，自然也是无效的；即使这些条约有效，中国对德宣战已经使情况发生改变，根据'情势变迁原则'，这些条约也不能执行了。而且，中国早在对德宣战时就声明，中德间一切约章均因开战而失效。再退一步说，中德签订的《胶澳租借条约》规定，租借权利不能转让给他国。"

顾维钧的精彩发言，有力地驳斥了日本的说辞，获得了各国外交代表的赞赏与喝彩。

可惜，弱国无外交，事不遂人愿。随着会议的进行，意大利因阜姆问题没有得到满足而退出和会。日本抓住时机，扬言说，如果不答应其关于青岛问题的要求，他们将效法意大利退出和会，并且不加入国际联盟。如果日本再退出，美国将无法实现创建国际联盟的目标，所以只得对日妥协。同时，英、法、意因在一战期间与日本签有密约，表示支持日本战后取得德国在山东的权利。在这种情况下，巴黎和会以中日间已有成约为由，决议让日本继承德国原在山东的所有权益，并将其写入对德和约之中。

巴黎和会上中国外交的失败，引发了国内轰轰烈烈的五四运动。在强烈的民意面前，北洋政府不断摇摆，中国代表团也无人愿意承担责任，陆征祥更是生病住院。此时，顾维钧毅然挑起大梁。

顾维钧首先向和会提出抗议，并先后提出中国保留对德和约中的山东问题条款而后签字、中国向巴黎和会提交保留山东条款的正式公函后签字等条件，但均被列强拒绝。随着签约日期的到来，中国代表团因提不出新的方案，只得拒签了对德和约，为中国收回青岛奠定了法理基础。

巴黎和会上，顾维钧用自己严密的逻辑、清晰的论述、得体的措辞、流畅的英语，在国际外交舞台上率先发出中国声音，不仅为中国争取到了国际同情，也激发了国人的自信心，在中国近现代外交史上留下浓墨重彩的一笔，被誉为"民国第一外交家"。

6."边缘谈判"

华盛顿会议争回青岛

1921 年 7 月，美英两国为解决巴黎和会后的亚洲及太平洋问题，倡导召开华盛顿会议，并邀请中日两国参加。日本为避免被华盛顿会议制约，坚持在会前与中国直接交涉山东问题，以便最大程度地攫取在华利益。中国当政者深知自己国力贫弱，与日本直接交涉将丧失更多权利，因此力争在华盛顿会议上讨论山东问题，以便"约束"日本，无条件收回山东权益。

其实，山东问题能否提交华盛顿会议，主要取决于英美两国的态度。英国摆出一副"事不关己"的姿态，强调山东问题是中日两国之间的事情，与英国没有关系。因此，美国成为中日双方重点争取的对象。日本多次向美国表示，山东问题属于中日两国间的既成事实，应排除在会议之外，由双方在会议前直接解决；同时请美国"劝告"中国，与日本迅速直接解决山东问题。中国则不断要求美国增加议题范围，在会议上提出山东问题。最终，美国虽然没有明确将山东问题列入会议议程，但却依据"保证中国领土完整"这一项原则，同意中国以山东问题抵触这一原则为由将其提出。日本自然也明白这一点，表示将保留自由提案的权利，坚持山东问题必须由中日两国自行解决。在这种态势下，为了华盛顿会议的顺利进行，美英两国开始进行调停。

美国劝告中国，如果在华盛顿会议上提出山东问题，正好给日本援引对德和约的机会，而英、法、意等国均已通过了对德和约，这种情况会对中国十分不利，不仅会影响山东问题的顺利解决，而且可能导致中国在会议上的所有提案归于失败。英国也劝中国，在会外与日本交涉山东问题。考虑到参加华盛顿会议的国家受到对德和约的束缚，中国提议将山东问题与其他议案附带一起进行讨论，但遭到美英拒绝。可是，中国社会舆论始终强烈反对中日直接交涉山东问题，因而英国提议，山东问题仍由中日两国协商解决，但解决办法最后提交华盛顿会议通过，作为会议的一项议决案。这得到了日本的同意。中国见英美有所让步，便提议了另一个变通办法，即中国只是形式上将山东问题提交华盛顿会议，但会议可以不对其进行讨论，只需嘱咐中日两国进行直接交涉。美英不赞成，认为山东问题一旦提交华盛顿会议，与会国家必定要进行了解与讨论，而且日本肯定也不会答应。无奈之下，中国只得提出，中日每次交涉时须有英美两国代表列席参加，这得到了英、美、日的赞同。最终，华盛顿会议决定，在英美两国代表列席的情况下，由中日两国在会外直接交涉山东问题，并将解决办法提交会议，作为大会的一项议决案。

在两个多月的时间里，经过三十六次谈判后，中日两国代表于1922年2月4日在华盛顿签订《解决山东问题悬案条约》和《附约》，中国争回了部分权益，并在山东问题上得到了大体可以接受的结果，初步解决了收回青岛的问题。两天之后，华盛顿会议闭幕。

华盛顿会议采取"边缘谈判"的方式交涉山东问题，是中、日、美、英妥协的结果。虽然中国未能如愿地直接讨论山东问题，但表面上游离于大会之外的"边缘谈判"，实质上是华盛顿会议的组成部分，为中国牵制日本、收回青岛和山东权益创造了条件。

（二）工商史苑

1. 华新纱厂

民族纺织工业兴起于沧口

　　1912 年初春的一天，一位学者模样的人，正在崂山一带郊游。他边走边看，但他关注的，不是崂山海天一色的秀丽风光，而是当地的居民。他们衣不蔽体、面有菜色，显然生活十分困苦。他顿时心生怜悯，下定决心，要在青岛创办实业，以改善民众生活。此人便是大名鼎鼎的中国实业先驱周学熙。他的这一举动，成就了中国民族纺织工业史上的一段佳话。

　　山东是全国重要的棉花产区，而青岛地处胶东半岛，拥有天然良港，且胶济铁路可以直通山东内陆腹地，内外交通十分便利，既可以方便地获取原材料，还可以通过港口将产品售往海外市场。1902 年，德国人首先在沧口建立德华缲丝厂，成为青岛最早的机器动力纺织企业，但因投入过大、工效较低等因素，工厂经营亏损，于 1908 年停业。1913 年 8 月，周学熙买下德华缲丝厂旧址，改名为青岛华新纱厂，考虑到德国人经营缲丝厂失败，遂将缲丝厂改为棉纺厂。买下厂地后，作为袁世凯"幕僚"的周学熙凭借与袁的亲近关系，借用公款向德商瑞记洋行订购了英国爱色利斯纱机五千锭。但机器还没运到，第一次世界大战就爆发了，日本借机对德宣战，并出兵占领青岛，周学熙一家前往天津避难，厂房也被英商和记洋行擅自占用，办厂事宜被暂时搁置。一战结束后，厂房仍被英商占用，周学熙迫于无奈，请英国律师甘博士几经交涉后，英商才答应无偿退出。1919年，青岛华新纱厂的厂房从英人手中收回。而就在此时，新的危机又出现了。

一战结束后，鉴于青岛优越的交通条件与山东"产棉大省"的地位，日本人想凭借兴办纱厂来攫取丰厚的利润，华新纱厂自然成为他们的"眼中钉"。据周学熙的儿子周志俊回忆，日本人对华新纱厂的创办百般刁难，致使办厂事宜一拖再拖。尽管如此，在周学熙父子的艰难抗争及青岛商会会长傅炳昭的帮助下，华新纱厂于1919年底开始招募学徒并部分开工，1921年全面投产。

1922年，中国政府收回青岛前夕，日本人不甘心将纱厂这块"肥肉"拱手让人，于是就找来崂山土匪孙百万、马文龙等人持枪捣乱，绑架了商会会长隋石卿。当时周志俊住在华新纱厂内，一晚能被枪声惊醒好几次。多年后，他回忆起这段痛苦的时期，仍心有余悸。

收回青岛后，胶济铁路、青岛电厂等经济命脉仍在日本人的控制之下，再加上受日资纱厂倾轧排挤和自身技术薄弱、管理混乱等因素影响，华新纱厂处处困难，境况十分糟糕，1925年一度到了亏损停产的境地。为挽救企业，主持工厂事务的周志俊对纱厂的经营策略、技术工艺、福利制度等进行了卓有成效的改革，使纱厂迅速成为国内纺织业的巨头，有效打击了日商纱厂在青岛的经济侵夺。直到 1937 年抗日战争全面爆发前，华新纱厂对青岛的城市经济发展起到了极大的促进作用。

作为青岛最早的一家华资纱厂，华新纱厂在战乱中艰难起步，在日资纱厂的夹缝中顽强生存，其发展既打击了日资纱厂在华扩张的步伐，又奠定了青岛民族纺织业繁荣的基础，对青岛纺织工业获得"上青天"美誉做出了重要贡献，也对青岛的城市化进程起到了推进作用。

2. 废除胶平银

收回青岛金融权益

1929 年 7 月 24 日下午，骄阳似火，远处不时传来几声蝉鸣。几名青岛金融界的领导者神色凝重，行色匆匆。此时，青岛的中国银行、交通银行、明华银行、大陆银行、山左银行、中鲁银行六家银行的行长正要召开事关青岛金融业发展的重要会议。会上，中国银行青岛分行行长邬志和向所有人员正式提出了"废除胶平银"的建议。话音刚落，会场里响起热烈的掌声。"邬行长说出了大家的心声，"一名参会的银行行长说，"要想挽回青岛工商业者的利权，打破外资银行对青岛金融业的垄断，就必须以牺牲各大银行的利益为代价，废除胶平银，改用银圆。"

胶平银原是十九世纪末胶州一带流行的银码，青岛开埠以后，胶平银成为青岛通行的记账货币。而实际上并无该项银两存在，在流通中需要按一定比率将其折合成银两，且各地通用银两与胶平银的兑换比价不一样，这就给商品交换和货币流通带来极大不便。

青岛开埠以后，金融业先后被德日两国垄断，外资银行控制着胶平银与银圆的兑换差价。当时，外资企业进出口商品都以胶平银计价，而他们在青岛本地采买商品以及民族工商企业出口物资都用银圆计价。在这样的情形下，民族工商企业自身收买的胶平银数量有限，为了能获取更多的胶平银以采买外国商品，就必须以华资银行为中介向外资银行兑换胶平银。而华商凭银圆购买的胶平银又用来购买外资企业商品，于是胶平银经过流通再次落入外资银行之手，循环往复，中国民族工商企业深受外国金融业的欺压与盘剥。

二十世纪二十年代，中国政府收回青岛，青岛金融业和工商企业迅速发展，青岛民族金融业与工商业者对货币流通的不便和对日本横滨正金银行垄断胶平银及金融业愈加不满。废除胶平银、打破日本对青岛金融业的垄断成为各界人士的共识。

7月25日，青岛各银号、钱庄经理也加入废除胶平银的斗争活动中，与青岛各银行行长一起在中国银行青岛分行召开会议，正式议定于7月26日起废除胶平银，改用银圆，并发表了《青岛各银行号废止胶银声明》，公布了废除胶平银的具体办法。

7月26日清晨，青岛各银行经理在齐燕会馆钱市，当众说明废除胶平银的筹备经过以及必要性，并宣布今后所有商品买卖都一律使用银圆，停止使用胶平银，并由商会函请青岛特别市政府颁发布告。听到这一消息，在场的金融代表和商人欢声如雷，纷纷叫好。

　　废除胶平银打击了日本在华的经济活动，很快就招致了日本横滨正金银行的不满，他们通过日本驻青领事馆发起抗议。但废除胶平银是青岛上下各界众望所归的大事，工商各界人士以及青岛民众对胶平银的使用纷纷发起抵制活动。于是，横滨正金银行的抗议就在青岛商民的抵制下不了了之。

　　在中国银行的领导和青岛商民的抗争下，7月31日，青岛特别市政府颁发布告，宣布胶平银正式废止，标志着废除胶平银取得了胜利。

　　废除胶平银后，货币流通以银圆为统一货币，这使本国工商业者免受兑换胶平银之苦，客观上促进了民族工商业的发展。同时，也打破了以日本横滨正金银行为首的外资银行对青岛金融业的控制与垄断，青岛还借此收回了货币发行等金融权益，金融环境得到改善，从而刺激了民族金融业的发展，民族金融业开始具备了与外国金融机构相抗衡的能力。中国银行青岛分行领导青岛商民废除胶平银的斗争也成为青岛历史上勇于反抗殖民统治的一段佳话。

3. 即墨老酒

好喝的液体蛋糕

　　青岛的夏天属于啤酒的麦芽香，冬天则飘逸着即墨老酒悠长、浓郁的焦煳香。即墨老酒经过几千年时光的雕琢和淘洗，积淀极其深厚，被烙上了厚重的地域民俗文化印记，其拥有的历史厚度使其有资格成为城市文化的一个代码。

作为世界三大古酒的黄酒、葡萄酒和啤酒，只有黄酒起源于中国。《说文解字》中记载："酉，酒也。八月黍成，可为酎酒。"意思就是说：八月谷物成熟，蒸煮之后，用竹篓放入陶器之中，盖上盖子长时间密封，即可酿制成酒液，密封、存放时间愈久愈醇。纵观古今中外，用黍米为原料酿酒者，唯有即墨老酒。即墨考古发掘的大汶口文化和龙山文化遗址中，出土了陶制的樽等多种酒器，还有大量已经炭化的黍子，证明早在七千年前的新石器时代，此地就已经形成了以黍子为主的农业种植格局，开始了悠久的酿酒历史。

自古以来，即墨物产丰富，黍米高产，再有崂山矿泉水的加持，形成了酿造黄酒的先天优势。即墨老酒运用独特而传统的"古遗六法"酿造工艺，以优质大黄米、陈伏麦曲、麦饭石水为原料精心酿制而成。熟褐色透着莹亮的老酒，略带丝丝苦甜，这便是地道的"即墨香"。

春秋战国时，即墨一带酿造老酒已极为兴盛，老酒是当地民间最常用的助兴饮料和祭品，俗称"醪酒"，齐景公谓之"仙酒"，齐将田单谓之"牛酒"，秦始皇谓之"寿酒"。历代君王开怀畅饮此酒，谓之"珍浆"。即墨当地官员也因之将醪酒作为进贡皇室的不二之选。

盛唐时期，人们发现喝醪酒有舒筋骨、壮骨髓之功效，便名其曰"骷髅醪酒"。诗仙李太白游崂山饮即墨老酒，留下了"所期就金液，飞步登云车"的千古名句。宋代以后，酿酒压榨技术已完备成熟，即墨的老酒酿造成为当地一大产业，俗称

"老干榨"。人们为了把酒史长、酿造好、价值高的醪酒同其他地区的黄酒区别开来，以便于开展贸易往来，故又把醪酒改名为"即墨老酒"。

清光绪年间，即墨城内有"隆盛栈"等十几家知名的老酒馆。清道光年间，即墨老酒产销量达到极盛，不仅畅销于全国各大商埠，而且出口远销至日本及南洋诸国。到了二十世纪二十年代，"源兴泰""泉盛祥""元聚栈""振源馆"等有名的老酒作坊增加到五百余家。1933年日本出版的《最新化学工业大系》中评价说："中国北方黄酒，即墨老酒最为著名。"当时，墨水河两岸的"老酒馆"生意特别兴隆，并一直延续至二十世纪四十年代末。

1949年以后，国家对酒类实行专酿专卖，即墨县政府以接收的"源聚兴"老酒馆为基础，建起即墨黄酒厂，并将其产品正式定名为"即墨老酒"。老一辈无产阶级革命家陈云的夫人于若木是有名的营养学家，她对老酒大力推崇，曾专门题词称其为"液体蛋糕"。著名诗人贺敬之来青岛，痛饮老酒，赋七绝一首："杯接田单饮老酒，醉人乡音听柳腔。此来一路睹锦绣，更望琼楼非梦乡。"

自二十世纪九十年代以来，人们越来越注重养生，即墨老酒从原先女士喜欢的"妇女保健酒"成为全民热爱的养生酒和冬日饮品，"喝老酒、涮火锅"成为青岛长盛不衰的冬季饮食时尚。

即墨老酒既是回味悠长的文化符号，也是本土经典厚重的城市品牌。1963年即墨老酒获得全国评酒会优质酒奖，1984

年获轻工部酒类质量大赛金杯奖，1988 年获得中国食品博览
会金奖，2006 年获得布鲁塞尔国际评酒会唯一特别金奖，同
年入选商务部公布的首批"中华老字号"名单，位列青岛市首位，
2010 年被国家工商行政管理总局认定为中国驰名商标。2013
年，即墨老酒传统酿制技艺被确定为省级非物质文化遗产代表
性项目。

4. 青岛啤酒

慕尼黑夺金奖造就百年品牌

在许多国家，人们对青岛啤酒的认知甚至高于青岛这座城
市。在外乡、外国的青岛人，更是把青岛啤酒当作味蕾的乡愁，
唯有这杯酒，才能一解思乡的苦楚。这时，喝进去的不是酒，
而是思念、情感、回忆，是一切跟家乡、跟青岛有关的过往。

1897 年，德国出兵占领青岛，对于视啤酒为至高生活主张的德国人而言，无论如何都不能没有啤酒。胶澳总督遂写信向德皇威廉二世"诉苦"，于是威廉二世便派人用海轮将酿造啤酒的设备运到青岛。1903 年 8 月 15 日，英德商人共同出资四十万墨西哥银圆，开始在登州路 56 号建设啤酒厂，次年 10 月建成投产。啤酒厂起初名为"日尔曼啤酒公司青岛股份公司"，由德国人直接经营，生产淡色啤酒和黑色啤酒，年生产能力两千吨。

当时，汉字里并没有"啤"这个字，国内更没有"啤酒"这个叫法，青岛人便根据德文"Bier"的发音称为"皮酒"，后来根据其健脾开胃的功效改称为"脾酒"，最后演化为"啤酒"。1922 年出版的《青岛概要》中，最早出现"啤酒"字样。也就是说，"啤酒"这个词是青岛人的原创。

青岛啤酒为什么好喝？因为青岛有许多得天独厚的条件，像优质的崂山泉水、进口的大麦、优良的酵母和啤酒花、合理的配方和严谨的工艺、严格的管理等等，所以酿制出的青岛啤酒泡沫细腻、香味醇厚，具有麦芽香和酒花香，受到国内外消费者的欢迎。

自投产以来，青岛啤酒始终是国内啤酒评比的第一名；在国际啤酒评比中，青岛啤酒也获得过三十多次金奖，其中，最早的一次是在 1906 年获得的著名的慕尼黑啤酒博览会的金奖。二十世纪八十年代，美国先后搞了三次大的国际啤酒评比，评比时，将参评的三百多个品牌的啤酒摘掉商标，消费者买张门票就可以随便喝，喝完后给啤酒打分，得分最高的前十名再进行评比，青岛啤酒三次都是第一名。

民国时期，青岛啤酒厂被认为是远东地区最大的啤酒厂，其产品通过汽车、火车和飞机远销全国和远东地区。当时，青岛啤酒厂在上海等大城市均设有办事处，一天能销售几百箱啤酒。啤酒厂还委托电影公司拍摄了一个黑白片广告，在电影开演前进行播放。广告中，青岛啤酒成为"神酒"一样的所在，广告词说常饮此酒不但无害还可以健身，更是有医治脚气、风湿、肠胃病之功效。后来甚至传说，在啤酒厂工作的人从来不得癌症。

啤酒最早作为"饮料"在国内流行，是从高端社交场合开始的。由崂山矿泉水酿制的青岛啤酒被认为富含矿物质，口感醇厚清香，受到上流人士的好评。梁实秋曾在《忆青岛》一文中如是说："一份牛排……佐以生啤酒一大杯，依稀可以领略樊哙饮酒切肉之豪兴。"

1956 年以前，青岛啤酒的商标图案是"灯塔"，香港的爱国商人建议改为更能代表青岛的"栈桥回澜阁"，并于 1958 年在香港注册。有青岛图腾之誉的"栈桥"，从此与青岛啤酒结下了不解之缘。

用塑料袋打散啤这样的行为，原本是青岛人的啤酒情结和幽默性格的一个剪影，却被外地人称为"青岛一怪"，甚至上升到青岛地域文化的高度。

青岛国际啤酒节，是中国十大节庆品牌之一，自 1991 年起，已经走过了三十三年。2016 年，从第二十六届青岛国际啤酒节开始，正式开启全城欢动模式，美美与共的全域啤酒节，成为青岛夏天最浓烈的烟火气。

青岛啤酒厂

没有散啤的夏天，就像没放盐的佛跳墙一样寡淡无趣。青岛啤酒以及青岛国际啤酒节，就像一枚五光十色的万花筒，折射出多姿多彩的时代镜像，这种城市的别样芳华，更像很多青岛人的青春纪念册，陪伴几代人走过一年又一年的酷夏。

（三）红色记忆

1. 中共青岛支部

党在青岛的摇篮

1982年12月23日，青岛市人民政府确定海岸路18号为"中共青岛地方支部旧址"，同时将其列为第一批市级文物保护单位并立碑。当庄严肃穆的纪念馆建成，它的本来样貌与那段波澜壮阔的历史，一起映入人们的眼帘。这是青岛市现存唯一一处市级党组织机关旧址。

回望历史，在德国和日本相继侵占青岛的过程中，有这样一个阶级，它的力量从无到有，从星星之火逐渐发展为燎原之势，它就是青岛的工人阶级。工人阶级的斗争，为青岛地方党组织的建立奠定了重要基础。

1919 年的中华大地暗无天日，尽管年轻的中方代表顾维钧在巴黎和会上据理力争，但依然没能改变青岛及山东权益被日本蚕食的惨痛现实，从而彻底地激怒了中国大地上每一位有血性的青年人。"鲁民全体，誓以死力对待！"学生与工人们罢课罢工，走上街头，面对日本军警的枪口，冒着生命危险高喊口号，势必要为青岛争上一争。从"还我青岛，保卫主权"到"外争国权，内惩国贼"，从示威游行到暴力抵抗，这场伟大运动终以胜利告终。人们说，"此后的青岛才是真正的青岛"。五四运动是青岛的春天，是革命的春天，也是中共青岛地方支部萌芽的日子。

1923 年 4 月，党的一大代表邓恩铭受济南党组织委派，来到青岛筹建党团组织并领导开展工人运动。同年 8 月，邓恩铭与先期到青的中共党员王象午一起，组建了青岛第一个中国共产党组织——中共青岛组。

海岸路 18 号，最早是胶济铁路四方工厂职工宿舍，曾任四方机车车辆厂绘图员的王象午在此居住。因此，这里是青岛早期党组织的活动中心，一些重要的会议都在这里召开。中共山东地方执行委员会书记王尽美、中共青岛地方组织负责人李慰农也都在这里居住过。1925 年 2 月，青岛党组织改称中共青岛支部，四方机厂二八大罢工、日商纱厂工人同盟大罢工在这里酝酿决策，由此形成了青岛历史上第一次反帝爱国运动高潮，在山东乃至全国产生重大影响。从此，在党的领导下，青岛的革命运动蓬勃发展。

1925 年 5 月，胶济铁路工人代表富书堂和伦克忠出席中国共产党在广州召开的第二次全国劳动大会。会议期间，富书堂和伦克忠将青岛工人罢工斗争的情况向全国总工会副委员长刘少奇作了汇报。会后，刘少奇在富书堂和伦克忠陪同下来到青岛，在海岸路 18 号，刘少奇同与会骨干亲切交谈，听取了青岛党组织负责人李卫文的汇报。当谈到日商纱厂工人同盟第一次大罢工时，刘少奇高兴地站了起来，右手紧握拳头，说："很好很好，工人阶级团结起来，为自己谋利益，这是不可阻挡的

中共青岛地方支部旧址（中共青岛党史纪念馆）

伟大力量。""工会是工人的台柱子，有了台柱子，腰杆就挺起来了。"听到工友言谈中的轻敌情绪，他告诉大家，要认清时局，准备应对敌人的反扑。刘少奇对革命形势的精辟分析，为青岛工人运动指明了方向。

中共青岛支部，给黑暗中的青岛带来了光明。随着青岛党组织的日益壮大，青岛人民特别是工人阶级反帝反封建的革命斗争有了坚强的领导核心，青岛的革命运动开始快速发展。1949年6月2日，青岛解放，由此掀开了崭新的篇章。

海岸路18号，现已成为青岛的红色地标。从这里，可以回望青岛党组织的百年信仰之路，八百余件实物和照片等历史文献，展示了青岛自党组织建立以来的光辉历程。一段段珍贵的文字、一张张泛黄的照片、一件件承载历史记忆的文物，在博物馆中一一陈列，它们不仅代表着那段充满波折的历史，更启示着后人从红色血脉中汲取磅礴伟力，激励后人向着实现中华民族伟大复兴的目标前进。

2. 高家民兵联防

抗击日寇的游击战典范

站在青岛平度高家村山顶，山下的村落尽收眼底，静静的小路诉说着当年一个个英勇故事。影片《地雷战》有一句顺口溜："鬼子少了咱就干，鬼子多了咱就转，躲在暗地打冷枪，埋好地雷远远看。"说的就是平度大泽山区人民打鬼子的智慧。

抗日战争时期，平度大泽山区高家、韭园、南台、北台等村庄组成的民兵联防，通过开展游击战、麻雀战、地雷战等，配合八路军主力部队作战 600 余次，毙伤俘敌 2300 余人，为抗日战争的胜利做出了重大贡献。其中名声最为显赫的，非高家地雷阵莫属。出其不意的埋雷点和五花八门的石雷，让日伪军胆战心惊。"进了大泽山，把命交给天"，这是日伪军踏进大泽山后发出的哀叹。

以村民高禄云为队长，联合几个村子组成的联防队，如铜墙铁壁一般保护着自己的家园。在高家村东南角的青山上，有一口锈迹斑斑的老钟。相传有次鬼子大部队进村扫荡，民兵通讯员发现后，一路小跑，急匆匆来到后山的老钟前，当当当的钟声不绝于耳，乡亲们闻声立马转移，成功避开了敌人的扫荡。这颇似电影《地雷战》开头民兵敲响报警钟的情景。

高家民兵联防队成立后，在当年春天，就与日军进行了第一场较量。当时民兵们得知鬼子马上进山，在岔道口埋下地雷，炸死了三名日本兵，极大地鼓舞了士气，地雷的使用迅速在大泽山地区推广开来。后来，由于普通的地雷容易被鬼子的扫雷器探测到，练

高家民兵联防队民兵雕像

就了娴熟的开凿石器技术的村民高方，就地取材，用大理石制造了石雷。这种地雷的优点是：爆炸后碎片多、杀伤力大、扫雷器探测不到。在后来的战斗中，敌人探测不出地雷的存在，便放下戒备，结果刚进入雷区，地雷便轰轰轰地震天响。鬼子被炸得抱头鼠窜、仓皇逃命。后来，联防队又发明了水雷、子母雷等多种地雷，屡建奇功。

在抗日战争期间，高家民兵联防队屡立战功，涌现出46名英模人物，为青岛抗日战争胜利做出了不可磨灭的贡献，1943年8月被胶东军区授予"铜墙铁壁"的光荣称号。1968年，在大泽山高家村建成了高家民兵联防抗日战争斗争史展室。1977年，高家民兵联防遗址被山东省人民政府命名为省级文物保护单位。2018年7月2日，89岁高龄的迟浩田将军来到平度，为纪念馆题写了"大泽山抗日战争纪念馆"几个大字。

远远望去，蜿蜒曲折的小道和一座座房屋，似乎又把那段峥嵘岁月呈现在人们眼前。这里不仅记载了当年平度人民的抗战智慧，更彰显了中华民族不屈不挠、敢于反抗的英勇气概。

3. "黄安舰起义"

人民海军的第一艘军舰

1949年2月12日，正值元宵佳节，在解放战争的浩大声势下，国民党统治下的青岛已是风雨飘摇。此时，国民党驱逐舰黄安舰正停泊在青岛附近海面上。舰上官兵大都下船过节，舰船外面灯火氤氲，船上则暗流涌动。此时仿佛暴风雨前的宁静，惊心动魄!

1948 年济南解放后，国民党企图利用海军的绝对优势，建立一条南起台湾、北连青岛的海上防线，以此钳制大陆。为动摇国民党军心，青岛地下组织加紧策反敌舰的行动。在此背景下，黄安舰进入了胶东党组织的视野。为顺利策反，最先打入黄安舰内部的是胶东军区某政治部工作人员孙露山；随后，中共党员刘增厚、王子良也上船开展地下工作，但三人互不知底细。孙露山在工作中发现，枪炮官王子良"不对劲"，平时多有"亲共"言论，后来在一次交谈中，王子良说道："国民党迟早得完蛋，得给自己寻个后路。"听到这，孙露山试着亮明身份，王子良喜出望外，原来他们都是党组织派来的，此后两人经常秘密联络。后来，他们又成功策反了鞠庆珍。

就这样，我党地下工作者孙露山、刘增厚、王子良和鞠庆珍秘密商定，在元宵节举行起义。当晚 8 时，乌云遮月，海上风高浪急，黑暗笼罩着整艘舰艇。趁着节日期间戒备松散，王子良、刘增厚等人当机立断，毅然决然扣押副舰长等关键人员（舰长刘广超下舰回家过元宵节），并将他交由王子良未婚妻袁丽峰等人看管。8 时 30 分，起义官兵控制了全舰；8 时 50 分，鞠庆珍发出了起航命令。军舰驶到外海时，引起了美军西太平洋舰队的怀疑，鞠庆珍以"风浪大，择地避风"为借口骗过美舰。黄安舰全舰熄灯，在黑灯瞎火中摸索着全速前进，开启了惊心动魄的"死亡航行"。次日，天色微亮时，黄安舰安全抵达连云港外海。眼看即将到达解放区，一发炮弹将全舰官兵惊得够呛。接着岸上的解放军连发八炮，幸好都没有命中。情急中，鞠庆珍当即命人找来白布悬挂在舰上，并用舰载探照灯照亮白旗以示"投诚"。"当时可把我们吓得够呛，可事后大家开玩笑说这是迎接我们起义的礼炮。"时任黄安舰轮机部轮机员的张大发回忆道。2月16日，周恩来亲自拟写电报，高度评价黄安舰起义："庆祝你们争取敌军

黄安舰起义官兵合影

舰黄安号反正的胜利，这是实行毛主席所规定之1949年争取组成一支可用的海军的首先响应者。"

黄安舰起义后，被编为第三野战军第三十二军，成为人民海军的第一艘战舰，后在渡江战役中发挥了重要作用。1950年2月，该舰被编入华东军区海军第六舰队，命名为"沈阳号"，曾在解放沿海岛屿的战役中屡立奇功。1955年，用苏式武器对其进行了改装。直到1980年，它才正式退役，完成了守护海疆的使命。

黄安舰作为人民海军的第一艘战舰，始终是人民海军所向披靡的旗帜。

4. 王新元领导护厂斗争

没有硝烟的战场

青岛解放前夕，往常平静的市内暗流涌动，为了保护国家财产免遭国民党的破坏，并为解放青岛做准备，王新元领导的工人护厂运动正在悄无声息地进行着……

自幼抱有远大志向的王新元，早在 1926 年就加入了中国共产党，长期从事党的秘密工作。抗战胜利后，国民党政府接手了青岛各种纺织印染厂，成立了中国纺织公司青岛分公司。1946 年，王新元接到董必武的指示：秘密潜入中纺青岛分公司任副经理，为接收中纺公司做好准备工作。随后，王新元肩负着党的特殊使命，马不停蹄地从贵州赶到青岛，潜伏到中纺青岛分公司中，积极谋划布局，先后召集了毕中杰等数名党员一起在公司中开展工作，潜移默化地影响员工，蓄势待发。

1948 年 9 月，济南获得解放。盘踞青岛的国民党反动派知道他们时日不多，于是图谋将中纺青岛分公司等重要企业南迁，疯狂抢夺各个纺织厂仓库里的布匹，扬言带不走的设备或是拒迁的就会被炸毁，并从上海运来两万斤炸药，妄图在撤逃时摧毁整个城市的经济、工业和生活设施。国民党的这一恶劣行径，严重影响了中纺青岛分公司员工的心情，他们无心工作，整日惴惴不安，唯恐公司南迁后失去工作。为了稳定人心，鼓励大家积极参与到护厂斗争中，在一次公司员工大会上，王新元语重心长地说："中纺青岛分公司有两万余职工，还有十万家属和十余万依赖中纺事业而生存的市民，中纺一旦崩溃，直接受到影响的市民至少在二十万人以上啊！"王新元真诚地鼓励大家，用自己的力量保护工厂，以免打破自己的饭碗，话语中充满着对广大职工深厚的关切之情，也为日后的护厂运动奠定了基础。

在王新元的带领下，中纺青岛分公司员工井然有序地展开了防范护厂工作，大家团结一致，积极主动地加入护厂运动中。受地下工作者的影响，青岛分公司经理范澄川积极配合工作，决定在厂里组成一支护厂队，对外声称是防范暴徒抢劫，实际上则是防备反动派在临走前搞破坏。各厂厂长都是护厂队长，他们公开购买枪支，壮大队伍力量。平时队伍分区把守，并经常悄悄地操练，甚至在春节假期都不掉以轻心，继续留厂值班，进行演习。王新元告诉工人们："爱厂要如同爱家一样，有工厂大家才有工作。工厂破坏了，大家就没有了饭碗。"在王新元的带领下，厂里每个员工的心中都有这样一个坚定的信念：工厂是铁饭碗，保厂就是保命。于是他们千方百计地阻止中纺公司各厂设备被迁往台湾。

在护厂运动中，王新元作为领头人，被国民党反动派察觉到了。为了除去这个"眼中钉"，他们到处通缉抓捕王新元，并下达命令："抓到王新元就地枪决。"情况危急，为了王新元的安全，范澄川暗中给他送去路费，劝他立即离开青岛。王新元却心系工厂和员工："护厂没有领头人，就像群龙无首、一盘散沙，敌人或拆或炸，即将回到人民手中的财产都将毁于一旦！"于是他毫不犹豫地放弃了自保的机会，并暗下决心，

青岛第三纺织厂护厂时使用的团旗及武器

即使牺牲自己也要让工厂完整地回到人民手中。在王新元的带领下，工人们的士气和责任感大增，护厂运动取得巨大胜利，国民党搬迁和破坏的阴谋彻底失败。为了躲避敌人的抓捕，王新元曾经躲在中棉纺织厂的大烟囱里，一连待了好几天。直到青岛解放当天，满脸煤灰的王新元才从烟囱里爬出来，满心欢喜地迎接解放军的到来。

王新元领导的护厂斗争，打赢了一场没有硝烟的战争。青岛解放后，只过了 17 天，纺织厂就正式恢复生产，为解放后的青岛做出了巨大贡献，其本人也在青岛解放史上留下了浓墨重彩的一笔。

5.《同意对青岛举行威胁攻击》

毛泽东亲笔起草的解放青岛电令

1949 年春，山东全境大部分解放，只有青岛、即墨和长山列岛仍被国民党军队控制。围绕青岛解放问题，山东省党政领导作了充分准备，中共中央更是给予高度重视。4 月 28 日，中共中央、中央军委发电，批准山东军区发起青即战役，解放青岛。这份在青岛历史上具有重要意义的电文，是由毛泽东主席亲笔起草的。

盘踞在青岛的国民党军队是刘安祺部。蒋介石清楚，刘安祺固守青岛，孤掌难鸣，于是发布密令：保存力量，力避被歼灭，随时准备撤退。得到消息后，刘安祺从上海运来两万斤炸药，企图逃跑时破坏青岛的企业和设施，将整座城市变成一片废墟。1949 年 1 月，人民解放军敏锐地察觉到敌军企图，发出严重警告：如果破坏，将按照战争罪犯论处，绝不饶恕！敌军惊恐万分，等待时机弃城逃跑。

解放军主要在青岛外围地区与国民党军队对峙，向他们施加压力，耐心等待时机。4 月 20 日，人民解放军百万雄师渡过长江，浩浩荡荡向着江南进军，一路势如破竹，南京等地相继解放。山东军区察觉到，敌军撤退动摇的心思十分明显，时机即将成熟，便在 4 月 25 日给中央军委并华东军区发电报，及时汇报了青岛的形势："我大军南渡……青岛之敌动荡恐慌，并已显出弃城逃窜征候。"电报中还提到，根据消息，4 月 21 日，原先停在沧口机场的国民党飞机已经全部向南飞去，驻扎在青岛的美军已全部离开陆地登上军舰，敌军 204 师也已全部南撤；另外还得到消息，国民党青岛党部于 4 月 23 日召开紧急会议，决定两周内撤离青岛；又有青岛市的舞女透露，美军将在 4 月 25 日全部离开青岛。同时，山东军区还就青岛敌军的驻扎情况向中央军委进行了详细汇报："现在青敌尚有五个多师，约计三万人左右，驻即墨、城阳、青岛等地。有敌舰十一艘，计驱逐舰四、修理舰三、巡洋舰一、母舰一、油船一、运输舰一。美海军已不驻陆地，水上来往数不详。"并据此提出如下作战计划："我为迫敌速走，是否可对青敌发动威胁性的攻击？目前可集中十二个团作战，即以卅二军全部六个团，胶东可抽调六个地方团，兵力可与敌相等。现敌分散守备，我集中进攻，在战术上处处能占优势，稳步前进，拔一点算一点，敌全撤，我便能迅速进入青岛，并能防敌破坏。是否有当？请示复。"

对于这封来电，毛泽东主席深思熟虑了三天，对发起青即战役的利害慎重分析后，亲自起草了解放青岛的电令，并于28日回复："同意对青岛举行威胁性攻击。第一步集十二个团，对若干据点试行攻击，得手后看情形再决第二步行动。其目的，是迫使敌人早日撤退，我们早日占领青岛，但又避免与美军作战（此点应与部队干部讲明白）。"这个电报虽然文字不多，但内容却十分丰富，明确指出了青即战役的目的是逼退敌军，而不是打歼灭战。毛泽东还在电报中特别要求参战部队"避免与美军作战"，说明解放青岛不仅仅是一个军事问题。在复杂的国际国内形势面前，毛泽东是从对美政策的大局出发，思考解放青岛问题的。毛泽东做出以上决策，充分考虑了青岛的敌我状态、保全城市的需要，以及中共与国民党政权和美国关系的特殊情况。

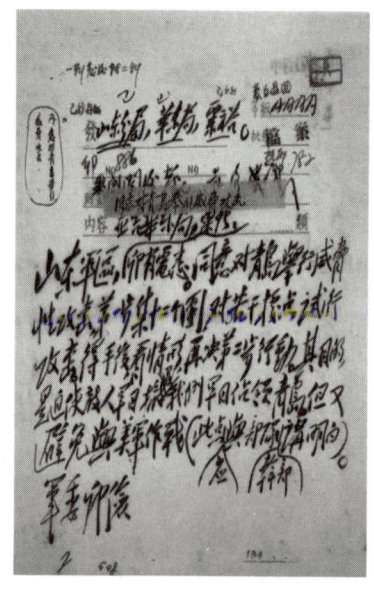

毛主席亲笔起草的《同意对青岛举行威胁攻击》电令

接到毛泽东的指示后，人民军队兵分三路，从5月3日开始了解放青岛的战斗，外围战之后，一步一步突破敌军三道防线，取得节节胜利。1949年6月2日，国民党守军全线崩溃，仓皇从海上出逃，人民解放军进入青岛。

青岛的解放，彻底结束了帝国主义、封建主义和官僚资本主义的黑暗统治，掀开了青岛历史崭新的一页。

6. 人民英雄纪念碑碑心石

丰碑上的"青岛芯"

1949年9月30日，开国大典前夕，中国人民政治协商会议第一次全体会议通过了兴建人民英雄纪念碑的提案。1952年8月，纪念碑建造工程正式启动。根据设计方案，毛泽东主席题写的"人民英雄永垂不朽"八个大字，需刻在一块长约15米、宽约3米、厚约0.6米的整块碑心石上。为确保碑心石不折断，初始的毛坯石料厚度须达3米，这就意味着重量高达300吨以上。北京勘察院总工程师陈志德负责寻找碑心石。

从1952年6月起，陈志德遍寻全国，历经3个月的考察和对比分析，最终，青岛浮山花岗岩脱颖而出。浮山大金顶的花岗岩，抗风雨侵蚀，质地坚固耐久，磨光以后呈浅焦茶色，又带淡黄底子，且有黑花和白花衬托，色泽极为柔和光润，石中水晶末晶莹闪耀，非常适合做碑心石。9月，国家把这项开采任务交给了国营青岛建筑工程公司第一料石场。

开采如此巨大的石料的情况前所未有。尤其是当时第一料石场的生产设备极其简陋，技术水平相对较低，如期完成开采难度极大。但工人们没有退缩，而是热情高涨、信心满满地接受了任务。讨论施工方案时，大家一致表示要继承先烈们英勇奋斗的革命传统，克服艰难险阻，以主人翁的姿态完成这项光荣任务。

原计划 1953 年 6 月底前开采，后来上级又要求提前 3 个月。最初，料石场领导信心不足，老技术工人朱培成经验丰富，提出了新的开采办法：把大石料增加到长 16 米、宽 3.2 米、厚 2 米，放弃放炮的旧法，改用"蚂蚁啃骨头"的办法。也就是在石料周围挖出深坑，以此来显现出石料的大致轮廓，然后再在石料的底部，每隔 0.4 米打上一个贯穿石料的空洞，装上楔子，在石料两个侧边装上千斤顶，几十名工人同时用锤子砸楔子，带动千斤顶一起发力。在朱培成等老技工的指导与带领下，工人们冒着零下十七度的严寒，一凿一锤，齐心协力，终于在 1953 年 4 月 23 日，将重达 300 吨的巨石完整地开采下来，被当时报纸称为"我国自古以来所采挖的最大料石"。

大石料开采完毕，如何搬运下山又成为难题。为减轻重量，工人们在山上对大石料进行了粗加工，减为 280 吨。青岛市搬运公司专门修整了山坡上的路基，铺设了钢轨。运输时，用鞍山钢铁公司支援的 4 个起重百吨的"油千斤"顶起大石，在下面垫上枕木，再将钢管铺在枕木之上；大石缠上石景山钢铁厂提供的钢丝绳后，被抬到路基的钢轨上，然后被推土机拉着往下走，直到半山腰的平坦处。在这里，工人们又将石料横着转向、翻身，接着进一步"瘦身"，大石料缩为长 14.7 米、宽 2.9

米、厚 1.1 米、两边厚 0.8 米，重 102 吨。

1953 年 8 月 19 日，大石料正式从山场运往青岛火车站。为确保安全转运下山，又在大石料底部加装了一个特制的铁架子，由推土机拉着，通过滑轨到达山底。青岛市政府还修建了一条由山底到火车站的专用道路。其中，

人民英雄纪念碑碑心石运输过程

最困难的当属途经麦岛的三个村庄。当时村内道路狭窄多弯，需要拆除妨碍交通的 5 间房屋和 178 米墙体。村民非常配合，拆除工程顺利完成。事后，政府给村民修复了拆除房屋和墙体，并赔偿青苗损失。在赔付青苗时，麦岛三村的村民坚决不收，表示："运石料给烈士建碑，是光荣的事，几千年也碰不到一回，坚决不能收钱。"

经过 43 天的共同努力，碑心石终于被搬运到孟庄路的空军油库铁路支线，并再次被"瘦身"至 94 吨。10 月 6 日，大石料被装上开往北京的专列，13 日到达北京前门西车站。青岛搬运工人又用老办法，用三天时间运到天安门广场的纪念碑工地。1958 年五一劳动节，巍峨壮丽的人民英雄纪念碑展现在世人面前。

目前，浮山大金顶碑心石开采处已成为青岛市爱国主义教育基地，被列入市级文物保护单位。

二

史迹寻踪

上自远古时代，青岛这片陆海交汇之地就已成为人类文明拓荒地，独特的生态环境、漫长的历史演进过程，孕育了深厚而独特的文明。在几千年的演进过程中，青岛积淀下丰厚的历史文化资源，保存了众多遗址遗迹，如刚刚发掘完成的距今六万年的大珠山旧石器时代遗址，以及平度东岳石遗址、三埠李家遗址、北阡遗址、南阡遗址、山东省最大的古墓群六曲山古墓群等，还留下了齐长城、即墨故城、祓国都城、即墨县衙等遗迹和古代建筑。这些珍贵的资源，勾勒出古代青岛的历史文化脉络，反映了当时的社会风貌。近代以来，由于特殊的城市发展历程，青岛的建筑突出欧陆特色，老市府、迎宾馆、江苏路基督教堂等都是其中的代表，八大关别墅区更是以"万国建筑博览会"而闻名于世；红万字会旧址、青岛里院等是中西合璧的典范；栈桥回澜阁、水族馆等则具有浓郁的中式风格。这些建筑，共同塑造了青岛独特的城市风貌。

（一）夷风古韵

1. 大珠山旧石器遗址

六万年前的"青岛人"

远溯六万年以上，古人类开始从高山走向大海，在古东海北部（今黄海）沿岸安营扎寨，繁衍生息，过着采集、狩猎的原始游牧生活。他们是大珠山人，是旧石器时代的东夷人，亦未尝不可称之为六万年前的"青岛人"。

大珠山遗址位于青岛市西海岸新区滨海街道，在群山环抱之中。2013 年，中科院古脊椎动物与古人类研究所与青岛市文物保护考古研究所联合，对其进行了科学、系统的考古发掘，随后展开了持续十年的学术研究。由此，大珠山遗址成为青岛首个、山东罕见的有地层依据的旧石器时代遗址。

看大珠山遗址，须独具慧眼。时间和时间之间，如何确定遗址的年代？考古科学研究的魅力也正表现在这里。经对遗址出土的树枝残体和动物化石进行碳 14 测年，所获多个数据显示，遗址时间均大于 4.5 万年。同时，对遗址采集土样进行光释光测年，显示遗址中有动植物遗存、石制品堆积的土层年代，距今 5 到 6 万年。土层堆积所反映的地质时代，动植物遗存所证明的古气候，古环境时代和石器工艺类型所体现的古人类文化时代，均完全印合，它们共同指示，大珠山遗址的年代属于旧石器时代中期偏晚阶段。据此，将青岛地区有人类活动的历史，推进到了距今六万年以前。

大珠山遗址石器——刮削器

当时大珠山人是如何生活的？他们的家园有着怎样的地理环境和生物因素？大珠山遗址之特色何在？穿越遥远时空，或可从石器与动植物的关系上发现端倪。

这里，石制品与大量珍贵的动植物遗存，共存于距地表约3米的土层之下。这是大珠山遗址的一大特色，弥足珍贵。

这儿出土了500余件石制品，还有900余件动物化石标本、20余件植物标本以及多种孢粉样本，从而照见人与物、物与物之间的关系。微光或隐或现，奥秘首先存在于地层之中。这

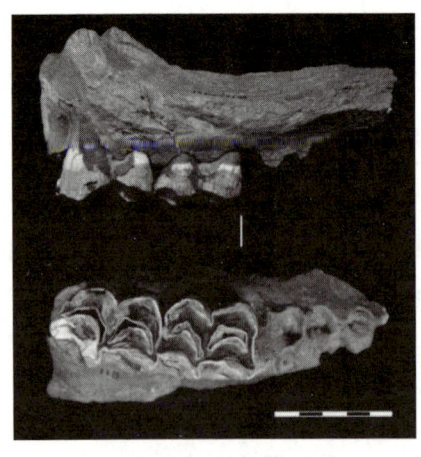

大珠山遗址鹿类上颌骨化石

种现象为特殊的埋藏环境所致，而隐现于其中的正是大珠山人特殊的生存环境。

大珠山遗址出土的动物化石十分可观，包括900余件动物化石标本和数千件碎骨化石。经科学鉴定，动物种属

包括象、犀牛、野马、野牛、梅花鹿、马鹿、普氏羚羊、狍子、野猪、鸵鸟及小型鸟类、啮齿类动物等共 18 种，其中植食性动物种类占绝大多数，应是大珠山人的捕食对象。

与动物标本同在的是植物遗存，更为丰富多彩。植物是判断古气候变化的"温度计"，但能够保存下来的少之又少。大珠山遗址的魅力由此显现，由于特殊的埋藏环境，植物标本保存得非常好。经鉴定，植物种类包括柏科、松属、云杉属等 10 个科属的木本植物和麻黄属、藜科、荞麦属等 15 个科属的草本植物。这批丰富的动植物遗存，为研究古气候及生态环境提供了非常珍贵的材料。经深入研究表明，距今五六万年前，大珠山人——青岛人所处的自然环境基本为草原环境，气温比现在要低。由此而衍生出的一个问题是，遗址所在区域与海洋的关系如何？根据植物遗存状态判断，大珠山遗址位置距海岸线较现在要远一些。从古地质地理环境看，这里是海滨山野中的一片美丽草原。

大珠山遗址出土的石制品，大部分保存良好，部分石器的刃部仍较锋利。其中一些石器经过多次人工打制修整，体现出大珠山人成熟的加工技术，表明青岛地区古人类为了适应生存需求，将天然的石块打制成刮削器、尖状器等不同用途的器具，用来采集狩猎、切割兽皮、砍伐树枝、挖掘块根等。

这是大珠山遗址的奥秘，这又何尝不是文明演进的奥秘。远古时代的景观渐渐显现出来，考验着今人的感受力和理解力。石器标本与植食性动物化石并存，向我们描述了一幅古人类狩猎后餐食野马、野牛、羚羊等的生动画面。这般画面，亦远亦近，就在我们的记忆之中，就在万物生生不息之中。

2. 东岳石遗址

岳石文化的命名地

夏商周三代是中华文明形成的重要时期，夏朝是开启这段历史的第一个王朝。根据《竹书纪年》记载，整个夏代的对外关系，主要就是与东方夷人的关系——战争和交往。夏代的东方秘境，一直备受关注。二十世纪六十年代，平度东岳石遗址的发现，为我们揭露了秘密，并由此而命名了与夏文化共存的东夷早期青铜文化——岳石文化。

平度东岳石遗址，坐落于平度市大泽山东岳石村东南，淄阳河水库的东北部台地上。遗址东靠大泽山，南依大泽山支脉高望山和明堂山，并有淄阳河流过，西、北两面地势比较平坦。遗址东西长约 200 米、南北宽约 100 米，总面积约 20000 平方米，于 1984 年被青岛市人民政府列为市级重点文物保护单位，1992 年被山东省人民政府列为省级文物保护单位，2006 年被国务院列为第六批全国重点文物保护单位。

东岳石遗址分别于 1960 年和 1993 年进行了两次考古发掘，2016 年青岛市文物保护考古研究所又组织开展了一次系统的考古调查勘探工作，调查面积约 250 万平方米，勘探面积约 8 万平方米。两次考古发掘及考古调查勘探工作，发现了丰富的文化遗存，采集出土陶器、石器、骨器、蚌器和青铜器文物标本千余件。石器主要有斧、铲、镢、锛、凿、刀、镰等器型，其中最具代表性的是双孔半月形石刀、浅凹槽石斧和方孔石锄。陶器以夹砂褐陶和泥质灰陶为主,轮制陶不发达,陶胎厚重;表面除磨光之外,常见凸棱、附加堆纹、划纹、戳印纹以及彩绘;器类常见大袋足鬲、尊形器、蘑菇状纽器盖、舟形器等,还有数量众多的陶网坠。青铜器主要是少量的锥形器。通过这些文物,可以大致勾绘出夏代东方夷人的生产生活场景。

公元前 1900 至公元前 1600 年,岳石文化时期的农业生产工具已经兼具美观与实用性,半月形石刀弧背直刃,其中有许多正面微鼓、背面内凹,便于抓握;亚腰石斧打磨精致,可以十分方便地捆绑在手柄上,用以收割庄稼;方孔石锄同样便于固定在木柄上耕作。所有这些,反映了当时的石器加工技术。数量众多的陶网坠表明,当时人类已经掌握结网捕鱼的技术,捕获的鱼类可以改善饮食结构和增强体质。

夷之名始见于夏代,但作为一种文化,其应植根于更早的史前时期。截至目前,共发现岳石文化遗址 340 余处,分布在以泰沂山系为中心的地域并向四周扩展,东至大海,西到鲁西及豫东的杞县一带,北到河北东部及辽东半岛南端,南至苏、皖北部地区,与大汶口和龙山文化分布范围大体一致。应该说,在夏代纪年的历史时期,岳石文化的分布范围要超过二里头文化的范围,这一时期的城址有章丘城子崖、定陶十里铺北等遗址。

考古学证明,夷、夏之间在相当长的时期,保持着斗争与交流的关系,岳石文化基本保持夷人史前文化的分布范围,而在与夏文化接壤地带则有相互影响的现象,与文献记载基本相

东岳石遗址远眺

印证。东夷族首领皋陶曾辅佐舜、禹。夏朝初建时，有"益干启位，启杀之"的记载，而益、启之争在一定程度上可以理解为夷、夏部族集团首领争夺部落联盟领导权的内部之争，"羿浞代夏"到"少康复国"等事件，是这一权力斗争的延续，后羿是"因夏民以代夏政"，少康复国借助了东方有仍氏、有虞氏的支持，最后"桀为暴虐，诸夷内侵"。有夏一代，夷夏关系一直伴随着斗争与交流。

东岳石遗址的发掘，对于探讨岳石文化的来源与发展、分布范围、年代与分期、类型划分、生业状况等具有重大意义；岳石文化的发现和命名，明晰了东夷文明的脉络，对探索研究胶东半岛古代文化，揭示夷、夏文化交流融合发展历程，具有重要价值。

3. 西皇姑庵遗址

商周文化东进胶东的先锋

从史前文明的满天星斗到夏商周时期的月明星稀，中华民族统一的趋势一直在演进，夏商周三代奠定了秦汉两朝中华文明蓬勃发展的基石。西周分封齐鲁，中原王朝与东夷故地逐渐交融。西皇姑庵遗址，让三千年前的一些秘密浮现于世。

西皇姑庵遗址位于胶州市铺集镇西皇姑庵村，是胶河西北岸的一处肥沃高台，现为全国重点文物保护单位。1976年，昌潍地区文物管理组对其进行了调查发掘，发现上层有少量战国遗存，中层系商周墓地，下层属龙山文化。总体上看，最能反映其文化内涵的，是西周时期的一个车马坑和两座墓葬。

车马坑位于遗址中段偏东部，坑口近方形，长485厘米，宽410厘米，深310厘米，坑壁垂直。坑内，有殉葬的一车四马和一人，车辕西向。车轮直径140厘米，十八辐，下半部挖土槽放置；车辋高10厘米，宽9厘米；车毂为粗纺锤形；车轨宽224厘米；车轴两端装铜害和铜辖；车舆为长方形，前部左右有二圆形拐角；车辕置于车轴之上。车前有四马，即两服两骖；四马分置于四个长方形土槽内，每侧二槽，骖前服后。马骨架上部有人字形席纹痕迹。车舆底部殉葬一人，骨架置于一浅土坑内，头向南，仰身直肢，男性，无随葬品和葬具。同时，出土有铜车马器和戟、戈、镞等铜兵器以及胸甲等遗物。

两座墓葬位于遗址北段偏东处，均为小型墓葬，都被盗掘过，一座墓葬的遗迹遗物已残存无几。另一座为长方竖穴墓，无墓道。墓口距地表 20 厘米，长 360 厘米、宽 190 厘米、深 232 厘米。正东向。椁外有熟土二层台。墓内填黄花土，底部有腰坑，坑内埋一狗。葬具为一椁一棺。棺内有骨架一具，仰身直肢，为女性。随葬器物除玉鱼在骨架胸椎附近外，其余陶器皆在头骨东部，有陶鬲 3 件、陶簋 1 件、陶罐 2 件、陶盆 1 件、陶甗 1 件、玉鱼 2 件、玉玲 1 件。

1981 年春，胶州市博物馆在西皇姑庵村征集了一批文物，有青铜器 20 多件、陶器 5 件、石器 2 件。其中，最为引人瞩目的，是一批商代晚期到西周早期的青铜礼器，包括方鼎、"史"卣、"妇"簋、"父己"尊等，均是商周时期的青铜重器。

青铜器重器、车马坑及铜兵器等丰富的随葬品，表明该遗址墓主是当时一位身份地位较高的贵族，他可能统御一地，更可能征战四方。遥想当年，他身穿铜甲胄、手执青铜戟，威风凛凛，站立在一架两服两骖的战车上，蓄势待发的兵士拱卫周围。在"普天之下，莫非工土，率土之滨，莫非王臣"的理念下，他率军征伐，推动着历史的发展进程，但也不可避免地带来杀戮与暴力。他或许因战功封赏于此，

西皇姑庵遗址出土的铜方彝内"举女"铭文

或许因战争杀戮殒身于此，几千年后的我们已无法知晓。

西皇姑庵遗址对研究本地区的文明起源、文化演变序列及商周统治范围的东扩等学术命题，均具有重要意义。遗址出土的文物比较丰富，如战车与铜制胸甲，对研究战车的形制、车战以及兵战防御，有重要价值。所见铭文尤其珍贵，为研究古文字、社会结构提供了丰富翔实的资料。这批出土文物，透过黑沉沉的地层，揭示了商周贵族的生活面貌，反映了青铜时代的烟云往事。

时空绵延，西皇姑庵遗址跨越了龙山时代至东周 2000 余年的漫长历程，深深照见岁月之谜。两三千年前，商周文化东进胶东，在胶河之畔形成深沉的历史回旋，在扩张商周文明足迹的同时，也夯实了胶东半岛的文化个性。

4. 三埠李家遗址

夷、齐交融路上的要塞

商周日月下，文明景观波谲云诡。随着因为中原王朝东进而分封的齐国不断向胶东半岛推进，东夷文化逐渐走向没落，或替代或融合，最终汇入中华文明的主流。三埠李家遗址的发现，为我们了解那段历史提供了一个支点。

三埠李家遗址位于青岛平度市新河镇三埠李家村东北，坐落于一处低矮丘陵的北麓，临靠淄阳河。2021—2023 年，为配合潍烟高铁平度站修建和 206 国道改建，青岛市文物保护考古研究所联合平度市博物馆，对施工范围内占压的遗址进行了三次考古发掘。

透过地层可知，这里曾分布着一处商末周初至春秋时期的聚落，内有房址、制骨遗存、窖穴、墓葬、灰坑葬、殉牲坑等遗迹。出土的陶器，既有典型中原商周文化的灰陶绳纹鬲、簋，也有当地土著风格的素面鬲，带有珍珠门文化色彩。

遗址中发现了一些规模较小、带圆形柱洞的骨器加工作坊，这是首次在鲁东地区发现的西周早期的骨器加工作坊，集中出土了154件（套）骨角质文物和骨器加工过程中产生的骨料，作坊内还发现了西周时期的"三联钻"卜骨。可见，这里既是当时的骨器加工中心，亦有可能是一处占卜要地。

反映该遗址规模与个性的，还有齐国聚落遗存。这是一处大型聚落，由围壕、窖藏坑等构成，各种功能区分布清晰。围壕呈东北—西南方向，方形，南北直线距离约160米。窖藏坑数量较多，处于围壕东侧，附近发现有战国时期带地名戳印的齐国陶量一组，包括带把陶量6件、无把陶量1件、陶区1件，其中一件陶量戳印地名"戴丘"，为首次考古发现。

墓葬区从春秋早期延续到战国中晚期，尤其是战国中晚期的较多，主要为中小型墓，未见大型墓；墓葬均为东西向，墓主头向均朝东；形制均为竖穴岩坑墓，小型墓葬仅能容身。这些墓葬，为解读三埠李家遗址的内涵提供了丰富的信息。

这里集中发现了一批埋葬于灰坑中的人类骸骨，从灰坑葬中发现的摆放整齐的难产母女以及有简单随葬品的案例来看，灰坑葬可能是该地区西周时期聚落中对非正常死亡人群遗体进行处理的特殊方式。

这里发现的战国墓葬群，反映了特殊的丧葬习俗。在其棺椁二层台上或墓圹东南角填土中，出现了随葬祭祀死者的陶盆、陶罐组合和猪头骨，陶盆底部多见兽骨、鱼骨。这种呈规制、批量出现的特殊案例，在山东地区的战国墓葬群中属首次发现。葬式主要为仰身直肢葬，也有少量的下肢屈曲严重的蹲踞式屈肢葬。推测可能是齐人到达这里后"移风易俗"，接受了夷人的风俗习惯，或者这就是一批被"齐化"的当地土著。同时，墓葬中随葬数量较多的铜兵器也表明，该墓群的军事色彩较为浓郁。

在灰坑、水井、淤土层中，出现了大量以仰身、侧身、俯身、蜷曲、捆绑类的死亡姿势和死因不明的非正常死亡案例，表明该区域曾经内部斗争较为激烈，或者经历了战争，但这些终究是短暂的，更多的则是周代先民们祥和平淡的生活。他们日出而作，在骨器加工中心加工骨器，既有用来生产生活的工

三埠李家遗址周代墓葬中出土的仿铜陶礼器

具，也有用来占卜的神器；掺和、拍打泥土，用来制作不同风格的陶器；开挖、修整用来储存粮食等物资的窖穴。他们日落而息，在房子和环壕双重安全保障下，安心入眠。难产母女死亡埋葬的案例，也是先民们烟火气息、平淡生活的真实注脚，更是寄托了他们对美好生活的企盼和对生命真谛的理解，正是在这人间烟火生命观的潜移默化影响下，多元的文化融为一个体系，绵延千年而不辍。

三埠李家遗址，是近年来山东地区关于周代遗址考古的重要发现，遗址与墓葬内涵丰富，军事色彩浓厚，昭示着遗址在地理位置、战略位置等方面的重要性，具有沟通齐国文化和东夷故地的特殊内涵，堪称夷、齐交融之路上的要塞，对于研究胶东地区齐鲁文明多元一体化进程等具有重要价值。

5. 即墨故城

齐国五都之一

一旦与即墨故城相遇，岁月便显得博大、深沉而生动。

齐文化与鲁文化相互贯通而个性迥异，在工商文明和伦理道德维度上各放异彩。随着齐国的崛起，"即墨"与"琅琊"构成东方双子星，标志着当时齐国与早期中国的海洋文明高度。

《左传》记载："十一月，齐侯灭莱。"当时是鲁襄公六年，齐灵公十五年，也就是公元前 567 年。即墨为齐国东方大邑，在今平度古岘镇境内建城，这就是赫赫有名的即墨故城。历史地看，即墨故城是青岛乃至山东半岛建城史上浓重一笔，距今已历 2580 年。缘此，我们对青岛城市史的理解，可大大延展其时空维度，绝非"百年青岛"所能涵盖。

即墨，透露了一种特殊的人文地理因缘。大将军朱毛筑城时，择址古墨水之畔，因城临墨水，故名即墨，百姓俗称"朱毛城"，所在地则名朱毛村。此城坐落于原莱国枢密地，东临小沽河，西近墨水河，北依六曲山，南控芥菖，有着统辖山东半岛的气势。

齐统一胶东半岛后，作为通都大邑的即墨为齐之下都。战国时期，即墨已发展成为齐国东部最重要、最富庶的地区。齐以国内五城置五都，一般认为是临淄、平陆、高唐、即墨和莒五座城池。即墨成为五都之一，原因有二：一是即墨经济繁荣，为齐国成就霸业提供财力支持；二是齐威王封即墨大夫，是齐国励精图治由弱变强的重要支点。

即墨自古擅渔盐之利，经济发达。即墨刀币正是这一段辉煌历史的见证和写照。在齐国，即墨是国都临淄外唯一拥有铸币权的城邑，足见其地位之显赫。即墨故城所有出土文物中，最具文化史价值的就是刀币，有"即墨之法化""齐之法化""安阳之法化"及燕国"明"字刀等。刀币之外，即墨故城一带还出土了铜钫、弩机、剑、戈、箭镞及青铜犀牛等珍贵文物。

即墨大夫是齐置即墨邑的行政长官，被封为即墨大夫的皆是齐之重臣，有"烹阿封即墨"的故事。齐威王时，即墨大夫政绩卓著，使地方田野广拓，百姓生活富裕，社会秩序安宁。即墨大夫为人刚正不阿，不去贿赂齐威王身边弄权施威的贪官污吏，经常遭受谗言诋毁。齐威王十年（周显王二十二年，前

347），齐威王大力整顿吏治，派人在全国调查了解地方官治理情况，澄清是非。一日，齐威王上朝理政，嘉奖了即墨大夫，封之万家。齐威王曰："子居即墨，田野辟，民人给，东方以宁。"并烹了弄虚作假、求誉害民的阿大夫，痛斥了那些弄权的受贿者。从此，齐国国威大振，即墨之名彰显天下，昭著史书。据《说苑》记载，齐威王时的即墨大夫为田种首。另外，史籍中提到的即墨大夫还有两位，姓名均无考，其一抗击燕军，战死于即墨城下；其二在齐国末年，死谏齐王聚兵抗秦。旧时，即墨建有九贤祠，即墨大夫列九贤之首。

即墨是齐国福地，燕灭齐的战役，便止步于即墨故城的"火牛阵"。汉时明月下，即墨故城的故事继续辉煌。汉文帝时，三分即墨，其主体设为胶东国，析其东南滨海一带，新置不其县和皋虞县。汉武帝刘彻少时，曾被封为胶东王，未就国。刘

即墨故城城墙

彻封太子后，乃封康王刘寄于即墨，故亦称之为"康王城"。

即墨故城现存城址，分为内外两重，总体呈不规则的长方形，东南缺角。外城墙南北长约 4.5 千米，东西宽约 3.2 千米。西墙、北墙与南墙西段已夷平，东墙及东南城墙尚存 1100 米，墙基宽 18—34 米，残高 4—5 米，夯土版筑。内城位于外城内东南部，东、南垣与外城垣重合，北垣、西垣及南垣西段已夷平。

故城之繁华伴随着故国的没落乃至灭亡而掩入萋萋原野，故城遗址历经千年沧桑保留到现在，它联通古今，留下了诸多关于当时城市文明的思考。

6. 琅琊台遗址

秦皇汉武巡狩刻碑地

秦汉时期中华文明蓬勃发展，这一时期，青岛海陆文化继续继往开来。期间，秦始皇三巡琅琊、徐福东渡、汉武帝东巡以及王仲浮海乐浪等重要事件迭出，由此，琅琊更是频频彰显史册，世人皆知，而琅琊台则是琅琊的点睛之处。

琅琊台遗址位于青岛市黄岛区，三面临海，现存秦汉时期夯土台基等多处遗存，遗址保护范围总面积约 4 平方千米，2013 年被列为全国重点文物保护单位。

《山海经》《史记》等历代文献对琅琊台有丰富的记载。早在春秋战国时期，齐桓公、齐景公曾巡游至此。越王勾践灭吴后，北上争霸，于琅琊台上立观台，以望东海。秦始皇统一六国后，五巡天下，曾三次巡视琅琊台。

琅琊台风景区

秦始皇三巡齐地到琅琊，除见徐福并命其访仙求药外，还迁徙三万户百姓到琅琊，大规模营建琅琊台及行宫等，提升了琅琊郡的政治经济地位；并在琅琊"立刻石，颂秦德"，威震东方。这些措施，使战国时期已因富饶闻名的琅琊一举成为经济发达、文化交融的大都市。

秦始皇数次巡狩各地，立刻石七处，现仅存"泰山刻石"和"琅琊刻石"的残石，而琅琊刻石是保存文字最多的刻石，对研究秦朝政治文化变革和文字书法皆有重要意义。其后，秦二世亦刻石于此。汉武帝三次巡幸琅琊，登临琅琊台，两次重修往祭，祠神求仙问药。

2019—2023 年，山东省文物考古研究院联合青岛市文物保护考古研究所，对大台台顶、山南的"窑沟"和台西头村亭子兰附近地点进行了考古发掘，通过持续系统的发掘，琅琊台遗址的规模、布局及主要遗迹面貌基本呈现，确认了"大台"主体为秦汉时期的高台建筑基址，发现了台下的房间、道路、踏步、排水设施等重要遗迹，佐以早先发现的秦代刻石，基本可推定其为秦始皇所筑的琅琊台。南坡下的窑沟地点，发现有砖瓦窑分布区，出土了大量秦汉时期的建筑构件，为台上建筑材料分期断代提供了较准确的依据。沿海的亭子兰附近地点，发现了规模较大、形制独特的战国时期建筑，具有齐国特征，对于追溯秦始皇东巡琅琊及筑琅琊台的历史渊源有重要价值。

琅琊台遗址是山东沿海一处重要的周代至秦汉时期遗址，据文献记载，其与东周齐国"四时主"祭祀、越国北上争雄以及秦汉皇帝巡视等重要历史事件有关。琅琊台遗址一系列考古新发现，将逐渐揭示其真实面貌及历史内涵，从而为东周至秦汉信仰体系、国家祭祀制度和礼制建筑形制的发展演变，提供重要的新材料，为琅琊台遗址保护规划制定提供更为翔实的依据，同时也充分体现了山东地区在秦汉统一国家中的重要地位，反映了齐鲁文化在中华文明形成进程中的重要作用。

7. 六曲山古墓群

胶东诸侯的汉家陵阙

胶东国始建于公元前 206 年，都城在古即墨城（今青岛平度市古岘镇大朱毛村一带）。西汉时期文帝、景帝曾三封胶东王。文帝封刘邦的孙子、刘肥的儿子刘雄渠为胶东王，刘雄渠后因参与以吴王刘濞为首的七王之乱被废。公元前153年，汉景帝封其爱子刘彻（即后来的汉武帝）为胶东王，当时刘彻年仅4岁，并没有就国。景帝前元七年（前150），太子刘荣被废，刘彻被立为太子。中元二年（前148），汉景帝封其另一爱子康王刘寄为胶东王。自刘寄受封胶东王，共传六代，计158年。六代胶东王共生子22人，除康王刘寄的小儿子刘庆被封为六安王外，其余皆被封列侯。康王刘寄及其子孙死后，多安葬在今平度六曲山，形成了六曲山墓群。

六曲山古墓群位于平度市城区东南25公里处的古岘镇六曲山上。作为大泽山支脉，六曲山南距即墨故城15华里，东起龙虎山、西至窟窿山，蜿蜒30华里。墓葬群分布在古岘、云山、麻兰、洪山四个乡镇的山上村、八里庄、蓬莱前、刘家集木、东六曲、西六曲、大孙戈庄、戴家庄等10多个村的30余个山头上，共有大小墓葬数百座，绝大部分为汉代墓葬，少数属东周墓葬。该墓群规模之大、分布之广，均为山东省所罕见。

历年来调查发现，在即墨故城周边，仅有其西北区域的山岭高地（即窟窿山、六曲山和龙虎山）上有大量的墓葬群，而周边其他地区尚未发现集中的墓葬区。由此基本可以判断，六曲山古墓群即是东周至秦汉时期即墨城及胶东国都的墓葬区。六曲山古墓群，位置也与《史记·田单列传》里的记载大致相符。

通过初步的考古调查勘探确认，六曲山古墓群集中分布在以窟窿山、六曲山和龙虎山为中心的三处丘陵群范围内，从西南往东北方向形成三个大的墓葬群。每一区域均有几座大型或中型墓葬，且位于该区域的核心位置，地势也相应较高。其中，六曲山区域已调查勘探到 5 处大型墓葬，覆斗状封土直径约 40—60 米；窟窿山区域和龙虎山区域各有 2—3 处中型墓葬，覆斗状封土直径约 20—25 米。

从已勘探的墓葬形制和规模来看，六曲山区域的四处大封土墓与已发掘或调查勘探的西汉北方诸侯王陵类似，如赵王张耳墓、吕国吕台墓、济南国刘辟光墓等。六曲山古墓群区域，出土了诸多高等级的文物，其中包括鎏金青铜连枝灯、鎏金青铜鸟器足、鎏金青铜鸟饰件、鎏金卧羊香炉、鎏金青铜雁踏龟灯、鎏金青铜熊器座、玉剑璲等。对照已发掘出土的西汉王陵相关类似器物，可以看出，这些精美文物应系王陵出土。因此推测，这四处大封土墓为西汉时期胶东国的四处王（后）陵。调查勘探中发现的兵马俑坑，位于一处台地上，遗物年代也为汉代，因此推测其为王陵的陪葬坑。

斗转星移，沧海桑田，西汉胶东国已淹没在历史的长河中，掩埋在黄土之下，而康王及其子孙的墓葬至今散布于六曲山及附近山陵上，散落其间的汉代板瓦、筒瓦、花纹砖、空心砖等残破遗物，在诉说着千年的风华。

六曲山古墓群出土的鎏金青铜凤鸟座

8. 祓国都城遗址

从国都到牧马城

祓，侯国名，《汉志》所记侯国之一，属琅琊郡。《齐乘》载："胶州西南七十里汉祓侯国。或谓琅琊有祓县，即祓国。"西汉元狩四年（前119），在秦置黔陬县域内建立祓国；新朝天凤元年（14）改名"纯德"；玄汉更始元年（23），重又恢复祓国旧县；东汉建武十三年（37），连同邦、计斤等县一并省除。《尔雅·释诂》："祓，福也。"当时是否以吉祥佳言命国虽尚有待考证，但祓国都城肯定承载着为它所护卫的城民祈福的美好愿望。

祓国都城遗址位于青岛胶州市西南46公里的里岔镇孙家庄，由城址、赵家庄汉墓群、黄家阿洛汉墓群构成，是全国重点文物保护单位。遗址东南约800米为里岔镇政府驻地，西侧为黄家阿洛村，北侧为道路，遗址周边大部分为农业用地和村镇居住用地等，地势平坦开阔。目前，遗址地上，城内为农田和经济林带，无建筑物占压，残垣至今尚有2—3米高，夯土坚实清晰，是一座保存相对完好的汉代古城遗址。因明代曾在此择地养马，故其后又名"牧马城"。

1981年祓国都城遗址被发现之后，进行了多次调查和勘探，采集有汉代的砖瓦、陶片，出土过铜箭头和铜洗等，当地群众也经常发现有"货泉"与"五铢"字样的钱币。遗址附近的孙家庄村，曾出土"半两"钱范数十页，计30斤。城内散落有几何纹砖及灰褐色陶片。

2019 年，在祓国故城东南外开展了一次配合基建的考古发掘工作，系首次对祓国故城周边遗址进行科学考古发掘，发掘成果和初步认识，对了解汉代祓国故城的历史文化面貌有重要意义。遗址中发现了数量较多的灰坑、水井、灰沟等遗迹和大片洼地，洼地内存在供灌溉或饮用的水井和灰沟，以及填埋处理城内建筑、生活垃圾的灰坑等。发现的水井、汲水器、灰沟和铁农具等，为了解战国至汉代祓国故城周边的生活及经济状况提供了新材料。灰坑中出土了数量较多的铁块和冶铁矿渣，证明故城内或许存在冶铁铸铁作坊。灰坑中发现的大量灰陶容器、灰陶板瓦、瓦钉帽等建筑材料，也能管窥祓国故城制陶业、建筑业之一斑。遗址灰坑内发现的青瓷投壶，说明两汉之际胶州和江浙一带可能通过海上陶瓷之路存在着文化交流。本次考古发掘，虽然只是对祓国故城周边的探索，却也揭开了故城神秘面纱的一角，而且出土文物展现出的诸多线索，也为探索祓国故城的内涵以及该城与同时期汉代城郭的交流、联系和对比提供了素材。

如今，故城多已湮没，岁月镌刻的城墙残垣沧桑而庄重，它诉说着城墙内外的故事，记忆着昔日的风光辉煌，也见证着城市的更迭与变迁。

9. 即墨县衙

清廉立本的千年衙署

即墨古为东方名县，今为青岛辖区。即墨县衙风雨 1400 年，是山东省现存唯一三堂俱在的古代衙署，为省级文物保护单位。前置"山海名邦"坊，昭示即墨的人文地理价值。千年之间，晨昏春秋，多少人出入其中，带着光明或阴郁的心境，展开激昂或黯淡的人生。

齐灵公十五年（前567），齐侯灭莱，置即墨邑，建即墨故城（位于今平度古岘镇），这是青岛乃至山东半岛建城史的开端。秦置县，汉置胶东国，为山东半岛的政治中心。隋开皇十六年（596），东移现址重置即墨，至今已历1400年时光。元至正十一年（1351），县尹董守中重建县衙，其后历经元明清时期十余次修、扩建，逐步形成完整的县衙建筑群。在古代，县衙是分布于全国的地方行政管理机构，始于秦代郡县制，称县治，明代称公署，清代则称衙署，俗称县衙。

即墨县衙的建筑布局，映现了一种等级分明、法度谨严的古代政治秩序，见证了中国古代衙署文化的诸多内涵。即墨县衙主要由照壁、旌善亭、申明亭、大门、仪门、衙神庙、六房、箴石亭、大堂、二堂、三堂等建筑组成，形成一个严整有序的建筑群落，主体为硬山式建筑，总建筑面积662.25平方米。大门朝南开，宽阔的空间和灰黑蓝冷色调烘托出一派肃穆、庄严的氛围。入内即见仪门，是知县（县令、县尹）到任、迎送上级官员出入之门。其两侧分布着西角门、东角门和衙神庙，其中西角门为死门，是解押死囚犯出入的门，平时关闭；东角门为生门，为官员百姓平时出入之门。过仪门，是箴石亭，内置石碑，上刻"公生明，廉生威"，警示政治清明。正前方，便是位于整个建筑群中心的大堂，其中央置暖阁，上悬"明镜

即墨县衙旧址

高悬"匾。这里是知县（县令、县尹）发号施令、审理案件的法堂，也是迎送圣旨、接待上宪和举行庆典活动的法定场所。上述建筑构成中轴线上的第一进院落，称外衙，是知县（县令、县尹）行使权力，也是衙门职能机构公开办事的地方。过大堂，入二堂，院内有六棵高耸入云、盘虬环龙般的柏树，已历五六百年光阴。再后是三堂，为内邸，知县（县令、县尹）及其眷属在此居住。

据清同治版《即墨县志》记载，自即墨县衙建成以来，主政的县官有260余位，其中董守中、汤明善、许铤、康霖生等颇具政声，为百姓做了很多实事。许铤于明万历六年（1578）出任即墨知县，他跋涉全县，勘察地理，体恤民情。许铤撰有《地方事宜议》一文，从海防、御患、弭盗、垦荒、通商五个方面陈述政见，颇有见地，是研究古代政治、经济与文化的珍贵历史文献。他上疏奏请即墨三口（金家口、女姑口、青岛口）开海通商，相对突破了海禁时代的历史困局。由此，得见青岛的历史前缘。

"门接九重天，期世相风清月白；案悬三尺法，循官箴物阜民安。"这是悬于即墨县衙大堂的楹联，表征为官清廉、执政为民的理念。

（二）建筑荟萃

1. 青岛德国总督楼
从总督官邸到公共迎宾馆

龙山路 26 号，有一座占地总面积 26000 平方米、建筑面积占地 4000 平方米的百年老楼，原是德国胶澳总督的官邸，如今是一座博物馆。

德占青岛初期，德国总督在原章高元的总兵衙门居住、办公，后来又在小鱼山东南坡修建了一座临时官邸，人们称之为瑞典木屋。1905 年，第三任总督都沛禄决定建设正式的官邸，最早的建筑图纸标注的是"胶澳地区皇家总督住宅工程"。都沛禄最初将官邸选址在汇泉湾畔，引起巨大争议，很多有声望的德国人纷纷反对，认为汇泉湾畔别墅区虽然有望发展成青岛的社交中心，但短时间内看不到希望。他们认为，总督官邸选址应遵循离市区更近的原则，从经济上和交通上也更划算。因此，他们主张选址在信号山南麓，这个地方地势较高，靠近青岛市中心大鲍岛和港口区，环境宁静优美，冬季可免受寒冷北风的侵袭，夏季可享受凉爽的东南海风，而且特别适合建设城市公园；从美学角度考虑，较高的地势可以看到层层叠叠的房屋一直延伸到海滩，与蔚蓝的大海一同尽收眼底。

1905年4月，总督官邸设计草案出台后，都沛禄就返回国内度假了，代理总督冯·塞麦恩负责征求意见。民政长官单维廉、海军中校雅各布森等五名有声望的德国人，一致认为总督官邸应选址信号山南麓。冯·塞麦恩把征求到的意见直接上报德国海军部，引起都沛禄的严重不满，两人由此产生矛盾。6月17日，德国海军部正式批准了设计方案并同意施工。

总督官邸最初由德国建筑师艾斯纳和马尔克设计，政府建筑师拉察洛维茨负责监督施工。原计划两年完工，但由于各种原因，直到1907年10月才建成投用。

总督官邸建于信号山南麓半坡的台地上，绿丛簇拥，位置绝佳，是一座典型的花园式高级别墅。这座主体三层、局部四层的建筑，气势雄伟，给人一种富华、奢侈的感觉，每处细节都体现出设计的精心。其设计重点是四个不同方向立面的造型，每个立面都没有统一基准线，各部分建筑如油画般组合在一起，确保从城市的任何角度眺望都能看到一个完整视点。整座建筑大量使用本地常见的花岗岩，墙面装饰有一块块的巨大石料，石面加工粗朴。正门山墙装饰有淡绿和灰色花岗岩，组成光芒四射的太阳形象。墙角伸出一根粗大石柱，由之引出的"锚链"

环系于太阳四周。山墙角以石料凿成的帆结做装饰。在波浪形的檐口上饰有一只龙头，但不是传统的中国龙，而是龇牙咧嘴的维京海盗龙。建筑师把德国威廉时代的典型建筑样式和建筑材料与青年风格派的手法结合起来，如正门右侧的立面分割、几处山墙的建筑式样、楼内大量的方形装饰、外墙面上的双色花岗岩砌筑等。楼内正中是一间双层大厅，通向办公室和餐厅。二楼是总督家眷的卧室，客房和仆人佣工住房均设在第三层，厨房设在底层。中国佣工住在与此隔开的另一栋房屋里。

整个建筑最初预算资金四十五万马克，但因建设施工困难重重，不断追加资金，曾有传言说该建筑耗资达百万马克。1922年这一说法还被载入日本人发行的导游手册。

该建筑自建成后，一直是青岛最高行政长官的宅邸。1932年，青岛市市长沈鸿烈将其改为迎宾馆，用于接待军政要员。

青岛迎宾馆

中华人民共和国成立后，延续了这一功能。1957年夏，毛泽东主席在青岛召开全国省市党委书记会议时，曾在此下榻了一个多月。至今，楼内几乎所有的电灯仍为德国原装货，瓷砖墙和木制壁板完好无损，暖房中的机械通风设备也运转如常，某些设施仍能正常使用，如音乐厅中留存的钢琴还能弹奏出动听的音乐。

1996年12月，总督官邸与胶澳总督府一起，被定为第四批全国重点文物保护单位；1999年正式改为德国总督楼旧址博物馆，对外开放，实现了文物建筑的功能转型。

2. 俾斯麦兵营

变身私立青岛大学

青岛八关山下、汇泉湾畔，被一片网红打卡点和名人故居环绕的中国海洋大学鱼山校区，是中国最美校园之一。很难想象，这个书香飘逸的清雅之地，百余年前竟然是金戈铁马的兵营。校园里四栋保留完好的德式建筑群，有着鲜明的新古典主义气质，这就是俾斯麦兵营。

清朝末年，出于海防需要，清政府派遣军队驻防胶澳，在此修建总兵衙门、兵营、练兵场、炮台等军事设施，其中广武中营与嵩武中营便驻扎在今中国海洋大学鱼山校区所在地。1898年，随着《胶澳租借条约》的签订，德国殖民者开始对青岛进行城市规划，确定了城市功能分区和重点建筑选址，并修建了三座兵营——俾斯麦兵营、伊尔蒂斯兵营和毛奇兵营。

其中俾斯麦兵营最为典型。

俾斯麦兵营修建在原清军嵩武中营的旧址之上，由总督府工程总局设计。该兵营是一个巨大的建筑群落，共有四座营房，营房的平面均为 H 型，中间围合形成练兵场。值得一提的是，俾斯麦兵营中的这些营房在建造时要求必须符合当时新的卫生标准，因此营房中除宿舍外还建有厕所和单独的盥洗室，厕所里还配备了抽水马桶。

1914 年 7 月，第一次世界大战爆发，觊觎山东乃至中国许久的日本加入协约国并对德宣战。德军在与日军进行了短暂且激烈的交火后战败投降，被迫离开崭新舒适的兵营。日本侵略者占领青岛后，原封不动地继承了所有德国人留下的公共建筑，日本军队进驻俾斯麦兵营，将其改名为万年兵营。此后，随着越来越多的日本侨民涌入青岛，原有的城市教育资源已无法满足实际需求，日本侵略者于 1915 年底在万年兵营南侧修建青岛日本中学校，其充当了从兵营到大学校园的过渡角色。

1922 年 12 月 10 日，北洋政府收回青岛，并将其辟为商埠。1924 年，时任胶澳商埠督办高恩洪，青岛商人刘子山和青岛教育会长、私立青岛中学校长孙广钦等人，筹划开办私立青岛大学。高恩洪以"青岛开发为商埠，不宜驻兵"为由，将驻军驱离出青岛，并将万年兵营划为私立青岛大学的校舍。当年 9 月，私立青岛大学开学，高恩洪兼任校长，蔡元培、黄炎培等人为校董事会董事。1928 年后，由于国内政局动荡，加上学校经费短缺，师生散去大半，私立青岛大学被迫停办，但代表着青岛高等教育的文脉并未断绝。1930 年 9 月，国立青岛大学正式成立，接收了原省立山东大学和原私立青岛大学的校产，21日举行开学典礼。1932年，南京国民政府将国立青岛大学更名为国立山东大学，学校延续了原有的办学理念，不断完善硬件设施，引进人才，迎来了学校发展的一个兴盛期。

私立青岛大学是青岛地区最早由中国人创办的大学，而就俾斯麦兵营而言，这是始于战争、终于教育的最令人欣慰的转变，也是百年前不屈的国人为去除殖民痕迹所做的努力。

3. 八大关

融合万方的万国建筑博览会

八大关位于青岛老城区南部，西起汇泉角，东至太平角，面朝大海，背依太平山，是近代中国人按照西方城市规划理念建设的别墅区，凝结着丰富的认知与审美价值，见证了青岛乃至近代中国的变迁，具有很高的历史、艺术、科学和文化价值，与庐山牯岭、北戴河、厦门鼓浪屿共同构成中国四大别墅区和闻名中外的旅游疗养胜地。

二十世纪初，一批经典德式别墅出现于小鱼山、八关山南麓，汇泉湾一跃成为东亚避暑胜地和颐养中心。这时期，汇泉湾以东、太平山以南区域，除少数几座建筑外，还是满目苍翠的原生状态。

南京国民政府接管青岛后，工商资本和人口不断涌入，房屋需求大增，原有空间布局已不敷发展需要。荣城路东一带前临海滨、松林畅茂、风景清幽，是避暑及高尚住宅的胜地，政府于是将其辟为"特别规定建筑地"，其迅速成为中外关注的焦点。寓华外国商人、传教士与外交官，中国新兴权贵与社会名流，纷纷来此求田问舍，至三十年代中期形成建筑高潮，四十年代末别墅区基本建成。

八大关是时空交织的复合景观，见证了近代青岛城市建设的两轮高潮。区域内的道路建设从二十世纪三十年代初开始，经过先建一条再建六条最后建三条的历程，至三十年代末，基本形成三纵七横的街区格局。耐人寻味的是，规划之初，八大关区域的十条道路，除山海关路外，其他均不以关路命名，而以山东省内的临沂、涛雒、青口、石岛、靖海等地名命名。三纵七横连中国，路在神州无尽处，八大关弃小鲁而用天下名关为名，显然别有深意，一部别墅文化史也因此具备了广义地理景观学上的寥廓景深。

"八大关"的叫法最早出现在民国时期。明明是十条关路，为何叫"八大关"？有人认为，可能与八关山有关；也有人认为，"八大关"之名是一种兼备地理特征与人文感召力的说法，或有"四面八方，天地昭然"之寄托。

位于青岛八大关的花石楼和公主楼

八大关之所以如此完美，更多源于国人急于向世界展示自治能力的渴望。近代青岛市政名声享誉海外，但它展示的是德日殖民者的"业绩"，而非我国的"治理能力"。回归前后，西方国家质疑中国能否管治好青岛的舆论甚嚣尘上。在此背景下开建的"八大关"，从最初便承载着重要使命——打造不可复制的城建范本。与庐山牯岭别墅区尚未开工即失于外国之手和北戴河、厦门鼓浪屿别墅的随性设计不同，八大关从问世始即被牢牢掌握在国人手中，深深打上了"中国烙印"。其设计施工在遵照建筑通则的同时，还必须遵循"特别区域"建筑规定，无论建筑高度、建筑位置、建筑密度、建筑面积、建筑式样、色彩、围墙以及外立面等都有严格规定。

　　八大关展示了一幅跨文化对话图景，汇集了古希腊式、罗马风式、哥特式、文艺复兴式、拜占庭式、巴洛克式、洛可可式、田园风式、新艺术风格式、折衷主义式等建筑风格。据不完全统计，参与八大关建设的既有来自俄、德、法、日、英、美、丹麦等二十多个国家的建筑师，也有青岛本土建筑师，体现了多元文化的融合。

　　八大关完好地保存了三百多栋别墅，风格多样而统一，集中体现了东西方建筑艺术史的流变轨迹，成为透视青岛城市规划史、建筑史、园林史与艺术史等多重内涵的文化景观。它的成功得益于规划先行的理念，即"尊重自然，契合地景"的基本法则；它实现了建筑艺术与自然环境的深度融通，既契合了千百年来人类的理想与期待，更走出了近代中国建设西洋别墅区的独特之路，在今天仍有示范意义。

4. 大鲍岛里院

中西合璧的建筑样本

里院之于青岛，正如四合院之于北京，石库门之于上海，是一种特有的建筑形式。里院一般为商住两用，临街一层多为店铺，二至三层用来居住；建筑沿地块、地形布局，多采用错层手法形成院落，院内每层设置外廊和楼梯联通。从平面布局来看，里院是一种比较典型的西方近代规划模式，但每一个街坊中的院落及其内部构成却兼具中式建筑的特点，比西方集合住宅更加人性化。每一户多是单间居室，有少量套间。院落入口常设立一个中国传统的影壁遮挡。为使中国人适应西方的高层楼，用置于院子一侧的木质拱廊和室外楼梯相连。

青岛里院兴起于十九世纪末二十世纪初。青岛开埠后，大量中国人涌入，带来了旺盛的居住需求，里院因此而生。青岛里院融合了四合院和西方商住公寓的特征，建筑形式自成一格。最初设计时，出现了两种形式相似但功能不同的形态——"里"和"院"。"里"最初为商业功能而设计，"院"则为居住功能而设计，"里院"就是这两种建筑的统称，它们在建筑形式上略有差异，但整体风格相对统一。

里院多临街而建，以两层和三层楼房为主，是围合式院落。从居住规模看，小到一户一"里"，大到百户一"里"不等，院落有"口""日""凸""目""回"等多种形态，有独院、两进院、三进院、套院等。每个里院门洞，或长方或券顶，设有木门，上开有小门，供晚间出入，甚至一些门洞内还设有传达室。一层楼甚至一个院只设置一个水龙头，一个厕所。楼房内院设有外廊，配有三到四架步梯。二层以上走廊普遍为出檐木制，很多檐板、木扶栏、廊柱头，配有雕花和彩绘，有江南风格、闽南风格、苏州风格、岭南风格等，多种多样，不一而足。房间户型基本一致，多是里外屋的两居套间，起居、娱乐、厨房空间交叉在一起，没有明显分割。房间朝向内院开大窗，靠近临街方向的房间也开有大窗，但为防盗考虑，里院后山墙一般不开窗。楼顶普遍使用机制红瓦，部分也开有天窗。外墙多刷黄色墙灰，使用花岗岩质斧剁石做墙基和墙裙。大部分建筑屋顶外檐设置排雨槽，并连接有瓷质粗排雨水管。

作为里院发源地，大鲍岛的里院类型最为丰富，几乎可在这里找到所有样式和空间格局的范例，而且还有别处没有的独特类型。从青砖黑瓦，到抹灰红瓦，再到人造石立面，大鲍岛的里院建筑，从最初多元文化背景下带有不确定的"折衷"，逐渐形成一种具有高度识别性的本土化建筑样式。这一过程，牵扯出业主审美、设计力量、市场认同等一系列本土意识和力量博弈，也完成了对西方文化的吸收与接纳。与此同时，作为青岛里院核心特征的院落，则从模仿传统四合院或西式院落，逐步衍生出一系列符合业主生活习惯的空间格局。

从二十世纪初起，里院已成为支撑大鲍岛商圈的独特商业载体，尤其是劈柴院、广兴里等，足不出院，即可满足购物、餐饮、娱乐等需要；而且花钱不多，享受不错，三教九流、贩夫走卒等底层人群也消费得起。里院市场给大鲍岛注入了更多市井元素和草根情结。

　　随着城市的发展，里院建筑逐步扩展到台西镇、台东镇、云南路、"海关后"、辽宁路、四方等区域，一直延续到二十世纪七十年代，其数量几乎占据了当时青岛城区的半壁江山。

　　里院是承载老青岛商业活动的主要建筑，也是中下层百姓居住生活的主要场所。其历史演进，犹如一幅全景画卷，记录了这一平民住宅的发展与成熟，也成为影响和塑造青岛人群体性格、观念意识的重要因素之一。在很长时间里，青岛人对城市最直接的感受和记忆，都离不开里院。

5. 栈桥回澜阁

寄托民族精神的城市地标

　　黄海之滨，青岛湾畔，海鸥翔集，千帆竞渡。一处延伸到大海中的廊道上，熙熙攘攘的游客往来不绝。在廊道的尽头，有一座双层飞檐八角的亭阁分外耀眼，仿佛是为大海佩戴的一顶中国红礼帽。这便是被誉为"青岛十景"之一的"飞阁回澜"。

　　栈桥与回澜阁好似一对孪生兄弟，共同守望着青岛这方热土。其实，历史上的栈桥与回澜阁并不是同一时间出现的。

　　青岛建置后，为方便清军装卸货物，时任登州镇总兵章高元主持修建了一座简易的军事码头，这便是栈桥的雏形。彼时的栈桥并没有如愿肩负起守护青岛的重任。1897 年 11 月，德国远东舰队驶入胶州湾，七百余名德国海军官兵从栈桥登陆并占领青岛，开启了对青岛长达十七年的统治，栈桥也成为标志德军占领青岛并进一步控制山东的"胜利之桥"。随着《胶澳租借条约》的签订，德国人对青岛进行了一次比较系统的规划建设，栈桥成为青岛陆海空间的中心，同时也完成了第一次功能转型，即从军事设施转变成了交通设施。作为当时唯一的货运码头，德国人还在栈桥上修筑了铁道。此后，随着大港的建成，栈桥的运输功能虽逐渐退去，但依然是普通民众难以靠近的场所。1914年，长期觊觎青岛的日本，趁机从德国手中抢夺了青岛的权益，随后在栈桥上开展了一系列纪念性活动，群情激愤的国人只能在岸边观望日本人耀武扬威，家乡虽近在脚下，却也遥不可及。1922年12月10日，根据中日《解决山东悬案条约》及其《细目协定》，北洋政府收回青岛，随即在栈桥举行了大规模的"公理战胜强权"的政治宣传，青岛民众怀着激动的心情涌上栈桥，共同欢呼这来之不易的胜利。

1931年，青岛市政局在修缮栈桥时，为满足游客休憩和景观美化的需要，在栈桥南端修葺了一座八角亭阁，命名为"回澜阁"。阁身由二十四根朱红亭柱支撑，分为上下两层，每一面都装有玻璃以便眺望海景，一窗一景，一景一画。阁身两层均以黄色琉璃作瓦顶，日光之下光彩夺目，十分耀眼。为纪念这一大型市政工程完工，回澜阁落成后，在一层的中央位置竖立了一块石碑，今天的石碑已被刮去文字，具体内容无从知晓。但有史料记载，时任青岛市市长沈鸿烈撰写了碑文《重修前海栈桥记》，赋予其"砥柱中流，屹立不朽"的民族文化精神。回澜阁落成后便吸引了大量市民和游客前往，这其中不乏一些名人政要。回澜阁的建成开启了栈桥的新生，标志着其功能转

栈桥回澜阁

变为城市公共文化地标。

中华人民共和国成立后，栈桥彻底摆脱了外国势力的笼罩，成为属于中国人民的胜利之桥！1950年青岛市政府又出资修葺栈桥及回澜阁，并于1953年易名为由郭沫若题写阁名的"中苏友好阁"，1958年重新改为回澜阁，曾被毛泽东主席称为"红军书法家、党内一支笔"的舒同重新题写了匾额，并悬挂至今。

今天，千千万万的民众自由地走上栈桥，登临回澜阁，仿佛穿梭在历史的坐标之中。这座海中楼阁作为青岛的地标建筑，承载了几代青岛人的回忆，见证了青岛苦难与辉煌并存的过去，揭示了青岛的地方精神和文化样态，并将同我们一起，迎接青岛更加美好的明天。

6. 红万字会

五教合一的特色建筑

每当走在大学路上，总能看到几座风格迥异的大楼，在红墙和绿树的包围中若隐若现。这组神秘的建筑就是原世界红万字会青岛分会旧址。

红万字会始于道院。1916年，山东滨县（今滨州）人吴福永创立"道院"，提倡佛教、道教、儒教、伊斯兰教和基督教五教合一，融汇耶、回、儒、佛、道五教教义为一体，提出以"参研太乙非极真经为主旨"，以基督教之新《圣经》、回教之《可兰经》、儒教之《十三经》、佛之乘藏、道之玄宗为日课，以救灾弭难、促进世界大同为目的。1921年，作为慈善机构的红万字会成立，道院与红万字会是合二为一的表里组织。

红万字会先在济南设立道院母院，在北京设立了总主院，后依次在全国各地设立分院。青岛道院创设于1922年，该年初，济南母院院长何素璞、黄恒公等前来青岛筹备，岛城商人成阑圃、刘子山、张少卿鼎力相助。7月15日，在平度路周宝山宅邸设立了青岛道院。次年，道院迁移至曲阜路刘子山的大楼内（今安娜别墅）。后因人事变动，几乎陷入停顿。1927年7月，又迁至新泰路13号，购置了院址。从此以后，青岛道院逐渐发达，基础日益巩固。1927年，丛良弼接任院长后，红万字会青岛分会发展迅速。1929年，购得鱼山路、大学路附近的狭长冲沟地段建设新院址。红万字会将基地划为几段，分批分期建造，并由一条中轴线串联始终。

先期建成的项目是道院和藏经楼，由岛城著名建筑师刘铨法设计。道院位于基地中部，为一进方正院落，四周由山门、大殿、配殿围合而成，中央设有礼亭。院落建筑采用中国传统宫殿样式，建筑墙体为朱红漆，屋顶用琉璃瓦，采用新式钢筋混凝土结构。大殿建筑全仿曲阜孔庙，屋顶采用重檐歇山顶与金色琉璃瓦，而斗拱用水泥制成，为当时国内首创，在建筑界引起轰动。藏经楼位于道院后侧，楼高两层，采用平屋顶，正中设一纤细的八角塔楼，上方覆盖绿色穹顶。塔楼和穹顶采用伊斯兰教风格。道院设计图纸显示，红万字会曾计划在藏经楼后建设学校和医院，但最终未能实现。

1940年，面向鱼山路一侧建成三层办公大楼。大楼平面为方形，中央设一中庭，上方覆盖玻璃穹顶，四周布置房间。

青岛红万字会旧址

办公楼外观采用欧洲罗马样式，正立面设有古典主义门廊，四根高耸的科林斯柱展现出红万字会庄重威严的形象。

整个建筑群四周围以红墙，并覆以黄色琉璃瓦。透过鱼山路上精美的镂空大门，可以望见庄严的办公楼。因红墙遮挡，从大学路上仅能看到宏大的建筑体量和高耸的屋顶。从周边山丘远眺，金色琉璃瓦覆盖的大殿屋顶、藏经楼纤细的塔楼和穹顶以及办公楼舒缓的玻璃穹顶，形成富有变化的组合，从周边红瓦绿树交相辉映的屋顶景观中脱颖而出。

1949年后，红万字会停止活动，该建筑群曾先后作为市图书馆、博物馆所在地，现为青岛市美术馆。它的红色外墙已成为著名的网红打卡地。

红万字会建筑群从青岛重重叠叠的欧式建筑中拔地而起，气势一如办公楼前的对联："胜地起重楼高矗云霄列宿重星拱北楼，名山环渤海连通欧亚义捐慈航渡东瀛。"红万字会建筑群成为青岛当时最气派的建筑群，显示了融合多元文化、发扬中华固有道德及民族精神、促成社会进步与世界大同的文化自信与自觉。

7. 水准原点

为山河作注

2020年5月27日，中国2020珠峰高程测量登山队成功登顶珠穆朗玛峰，经过近3个月的周密计算，最终测得珠穆朗玛峰最新"身高"为8848.86米。

这一身高是如何计算出来的？很多人可能不知道，珠峰高程的计算，是以黄海海面的潮平数据作为我国海拔高程测量的原点，而这一海拔原点就坐落在青岛。

青岛市区的观象山山顶，有一座白色石屋建筑。这座精致神秘的石屋，全部用花岗岩搭建而成，由三道铁将军把门，墙壁上挂着"水准原点"的四字牌匾。走进坚固的铁门，屋内有一口竖井，井底支架上安放着一个雕琢精致的玛瑙球，球体所在的位置，就是通常所说的中华人民共和国水准原点，即今测绘珠峰高度的起点。

水准原点设在青岛，最主要的原因，在于青岛拥有丰富的验潮数据，是国内最早开展现代科学研究与观测的城市之一。

1898 年 3 月 23 日，德国胶澳总督府在青岛设立气象站，对青岛辖域、岛屿、海湾水深及高潮线进行基线、三角和地形测量，6 月 15 日开始观测气象与天文。1901 年，又添置了潮汐自动测量仪。最初是露天观测，将标有数字符号的长杆固定在胶州湾中，根据潮水涨落数据，对应时间计算潮汐变化规律。1905 年 5 月 1 日，气象站迁往今观象山上，改名为青岛观象台。同年，胶州湾内的大港一、二号码头相继落成，青岛观象台在一号码头上专门建设了一口竖向验潮井（验潮站），验潮井连通码头地面和海面，观测人员将浮漂放在海里，把它连接到数据标杆上，浮漂和数据标杆随着海水涨落而升降，观测人员无须下到海面，即可读取潮汐变化数据。

1914 年后，日本占领青岛，基于侵华需要，日本侵略者极为重视气象和潮汐观测，专门配置观测人员，随时将测量数

位于青岛观象山上的"水准原点"

据整理上报，为侵略扩张服务。

1922年底，中国收回青岛，但日方以中国缺乏科研人员为由，拒不撤出观象台，致使接收工作失败。直至1924年，在中国社会各界压力下，日本才同意交还部分科室与设备，但仍占据最大的观测、科研室，并留下六名日本人赖着不走，形成名义上归还中国但中日科研人员仍同台各自观测的尴尬局面。

1924年我国接管观象台后，著名气象学家蒋丙然、天文学家高平子分任台长和天文科科长。此后，观象台进行了中国近代最早的太阳黑子观测与研究，并参加了第一届万国经度测量，为中国赢得世界声誉。1928年，观象台增设海洋科，继续开展潮汐及海温观测、海洋理化试验、海洋生物调查，同时开始编制青岛港潮汐表，供航海应用。青岛观象台以其卓越成就，与上海徐家汇观象台、香港观象台并称"远东三大观象台"，成为我国气象、天文和海洋科学事业的发祥地。

与验潮工作同样值得一提的是，青岛水准点测量及标注工作起步较早，从未中断。据记载，德占时期测绘标注的水准点九十余处，至 1936 年已达一百三十余处，遥遥领先同期的国内其他城市。中华人民共和国成立后，鉴于国家海陆面积辽阔，经纬跨度大，四海之内必须有统一的水准原点为基本参照物，这关系到国家科研、海军发展所需的基本数据，非常重要。考虑到验潮测得的平均海平面无法直接观测，水准原点建在山顶比建在海边更稳定、更有利于保护。几经研究，最终于 1954 年 10 月，确定将中华人民共和国水准原点建在青岛观象山上。

中国水准原点由一个原点和五个附点（高级点）构成水准原点网，是水准测量传递海拔高程的基准点。"1985 国家高程基准"将青岛水准原点的高程确定为 72.260 米，全国各地海拔高度均由此基准点起算。

2006 年 5 月，为利用好水准原点这一独特资源，经国家测绘局批准，由专家精确移植水准原点信息数据，在青岛东海中路的银海大世界内建成"中华人民共和国水准零点景区"，成为海洋测绘科普和游客的网红打卡地。

以水准原点为基础形成的全国统一高程数据，不仅是研究地壳和地面垂直运动、海平面变化的基本依据，而且在城市和重大工程建设、国防施工、防汛水情预测等方面也发挥着重要作用。

三

人物春秋

青岛物华天宝，人杰地灵，在历史上涌现出许多文化世家与知名人物，如即墨大夫、经学家郑玄、天文学家徐万且、伏氏家族、儒学世家琅琊王氏、高僧法显、道教全真道掌教丘处机、音律学家王邦直、书画家高凤翰、小说家蒲松龄、史学家柯劭忞等，他们在这片土地上做出了彪炳史册的业绩，为今天的青岛留下了丰富的文化资源。辛亥革命后，一批晚清遗老移居青岛，如康有为、溥伟、劳乃宣、周馥等，他们与赵太侔、杨振声、老舍、梁实秋、闻一多、沈从文、王统照、赫崇本等，共同塑造了二十世纪二三十年代青岛的文化高峰。同时，早期共产党人王尽美、邓恩铭、刘谦初、李慰农、周浩然、杨明斋、郭隆真等，也在此留下了革命足迹。所有这些本地人物、客居名家，都对青岛历史文化产生了积极影响，做出了多方面贡献。

（一）先贤硕儒

1. 王吉休妻

琅琊王氏家风清廉

西汉年间，长安城的一座民宅里，熙熙攘攘的一群人正在围观主人砍自家的枣树。就在不久之前，隔壁邻居家也发生了一件事，丈夫要休妻。左邻砍树，右舍休妻，这两件事甚至还有关联。原来，这家的枣树枝繁叶茂，结出累累硕果。枣树的树枝探到了隔壁邻居家里，邻居妻子见状，便摘下枣来吃了几颗。她丈夫听说这事后很是生气，要将她休了。枣树的主人听闻此事，觉得十分内疚，于是就做出了砍掉枣树的决定。邻居们好言相劝，最终这棵枣树没有砍，妻子也没有休，皆大欢喜。后来街巷就流传着这样一个歌谣："东家有树，王阳妇去。东家枣完，去妇复还。"这个耿直的要休妻的丈夫，不是别人，正是琅琊王氏的先祖王吉。

王吉（？—前48），字子阳，琅琊皋虞（今青岛市即墨区）人，少时好学，熟读经书，后来举贤良为昌邑中尉。昌邑王刘贺昏庸无道，喜好游猎，常常没有节制地纵马在属地奔驰。王吉耿直，便上书劝谏，希望刘贺能勤学好问，提升修养，而非一味贪图享乐。刘贺虽敬重王吉的为人，但并没有采纳王吉的谏言，依旧我行我素。汉昭帝驾崩，大将军霍光执政，迎立刘贺进京。王吉又一次进谏，称霍光忠直诚信，仁爱智勇，希望刘贺敬重礼待霍光。但刘贺仅做了二十多天的皇帝，就因淫乱被废黜，昌邑的大臣们也因渎职而下狱被诛杀。但王吉因为耿直且屡次进谏，仅被判剃发修筑城池。后汉宣帝即位，进行了大刀阔斧的改革，效仿汉武帝，并恢复汉武帝时期的典章制度，外戚们也因此飞黄腾达。王吉认识到此举的弊端，于是上疏劝谏宣帝，要亲贤臣、远小人，谨慎选择身边的大臣和辅官，再一次体现了他的耿直与廉明。不过汉宣帝认为王吉的想法不合时宜，没有采纳。王吉的忠言逆耳又一次没有被接受，于是便找了个身体不适的借口，返回家乡。

王吉之子王骏，王骏之子王崇，都因为父荫入仕，留下了治政有贤能的声誉。虽然子孙才学名气不如王吉，但是官职却越做越高。王氏喜好车马服饰，不论是衣食还是住行都颇为讲究，但却极为节俭，不追求绫罗绸缎、金银彩绣。每次搬家时，也仅带着一些替换的衣物。王氏父子离职归家后，生活非常简朴，布衣蔬食。他们的清廉，受到了当时百姓的夸赞。

从年少时长安求学，到跟随昌邑王恪尽职守，再到宣帝时上疏直谏政治得失，不论是在朝为官，还是去官闲居，王吉将耿直廉洁践行到底。这一品德深深影响了王氏一族，成为琅琊王氏的立身之本、繁盛之基，是琅琊王氏历经百年而不衰的根源所在。

到魏晋南北朝时期，琅琊王氏家族逐渐庞大，东晋时有"王与马，共天下"的说法。琅琊王氏有不少名人，如辅佐东晋建立王朝的王导、王敦兄弟，书法家王羲之、王献之父子等。琅琊王氏能枝繁叶茂，在魏晋南北朝时期成为显赫的世家大族，离不开王吉祖孙三代打下的根基。

2. 三边大捷

功著边陲的黄嘉善

明代历史上有一位文人，虽然不是行伍出身，却在领兵打仗方面有着极高的天赋。他曾只身闯入叛军兵营，规劝敌方投降；也曾布下迷阵，逼退万骑轫辐。这位善文学、懂军事的人，就是即墨黄氏家族的重要代表人物黄嘉善。他为明朝的边防安宁立下了汗马功劳，其中"三边大捷"是他一生最辉煌的时刻。

黄嘉善（1549—1624），字惟尚，号梓山，明嘉靖二十八年（1549）出生于即墨。黄嘉善从小聪慧，少年时饱读经史子集，精心体会治国安邦的道理。万历四年（1576）考中举人，第二年中进士，一年后放任县令。万历二十年（1592），黄嘉善受命于危难之时，赴任大同知府；三年后，又升任山西按察使司副使兼左卫兵备。期间，黄嘉善整顿军纪，严加训练，为捍卫北部边疆做出了重要贡献。

从万历三十二年（1604）至四十二年（1614）的十年间，黄嘉善战功不断，一路加官晋爵。在任职宁夏期间，他采取措施稳定地方，加强边防；与大将萧如薰齐心协力，伐贺兰山木材，修建宁夏银川市的前沿阵地临河堡。为从根本上解决军需严重不足的问题，黄嘉善组织军队屯田自养，并在地方倡导教化，激励边民发展生产，繁荣经济，靠自给自足实现富民强兵。黄嘉善认为，只有允许边民相互贸易，以买卖的方式互通有无，使蒙、汉边民的生计得以维持，才能保持边境和平稳定。他积极实施睦邻友好政策，开放边境市场，方便汉、蒙贸易，尽力避免民族冲突，促成边民和平相处，休养生息，有效稳固了边境防务。黄嘉善离任宁夏时，民众掩泪相送。

万历三十八年（1610），黄嘉善任都察院右都御史兼兵部右侍郎，总督陕西三边军务，统帅延绥、宁夏、甘肃三边重镇的军事。万历三十九年（1611），为了掠夺财物，鞑靼再次集结军队潜入固原城下，杀气腾腾。鞑靼士兵在将领的指挥下，用圆木撞击城门，意欲攻陷城池。军情万分紧急，黄嘉善马上组织兵力迎战。为了稳定军心、激发士兵斗志，他不顾个人安危，登上城墙指挥战斗。守城将士一看到黄嘉善，仿佛吃了定心丸，信心大增，英勇杀敌。黄嘉善冲着士卒大喊："将士们，不要放走一个敌人！"随即命令弓箭手放箭，一时之间万箭齐发，箭如雨下，鞑靼士兵死伤无数。守城将士越战越勇，鞑靼军队伤亡惨重，心生恐惧，意欲撤退。黄嘉善果断把握住稍纵即逝的战机，命令打开城门，全面出击。鞑靼士兵一时慌乱，抱头鼠窜，丢盔弃甲。经过士兵们的奋勇搏杀，斩获敌首级数千，缴获辎重众多，取得了"三边大捷"的胜利。三边大捷的消息传到北京城，万历皇帝欣喜若狂，立即封赏黄嘉善。此战之后，黄嘉善的官职进一步提升，任兵部尚书、太子少保，黄氏一族也获得了"四世一品"的封号。

为了表彰黄嘉善镇守三边、两受顾命和为边防安宁做出的杰出贡献，明朝天启元年（1621），朝廷出资在即墨修建"四世一品坊"，次年建"总督三边坊"。"总督三边坊"和"四世一品坊"都是黄嘉善的功德牌坊。

3. 镜镕山下著书人

律学宗师王邦直

明朝万历十四年（1586），一部六十卷、三十万字的洋洋巨著在即墨横空出世，这就是王邦直的律学著作《律吕正声》。当时正是中国律学研究兴盛的时期，明太祖朱元璋的九世孙朱载堉，就是当时杰出的乐律学家，他提出的十二平均律，比欧洲早半个世纪，被李约瑟称为"东方文艺复兴式的圣人"。王邦直也凭借《律吕正声》这样一部律学巨著，成为一代律学宗师。

王邦直出生在即墨的一个书香门第，家族成员中历代都有读书为官者。他的祖父王佐是举人，做过山西忻州学正；他的父亲王镐是岁贡生，做过顺天府漷县训导、山西临县教谕。王镐博学多识，著有《漷志》《临志》等书，深得同乡名士蓝田的赏识；为人又刚直方正，很受书生们爱戴，在他灵柩返乡之时，书生们都哭着来送别。

王邦直天性聪敏好学，又深受家庭环境的影响，幼年参加童子科考试，受到考官的赏识。王邦直还十分孝顺，母亲去世时，他异常悲伤，写下百首《黄鸟诗》抒发丧母之痛，感情真挚深沉。父亲王镐在山西任所突发疾病，王邦之赶到时，父亲已经身亡入棺。没能见到父亲最后一面，他捶胸而哭，极度哀痛。王邦直赤足步行两千多里，将父亲灵柩运回即墨，路上脚趾生了冻疮，也不肯裹足而行。他按照父亲遗言，恳请蓝田为父亲撰写了墓志铭。

嘉靖年间，王邦直成为岁贡生，任河北盐山县丞。他为官清廉耿直，不收受一分钱财，还曾经变卖祖产，以补充官府开销。任职不久，王邦直就以汰员身份赴京城参加改选，恰巧赶上朝廷因为灾异要求臣民上书言事。王邦直便针对时弊，上书列举了十条措施，受到嘉靖皇帝的赞许。但王邦直的言论有很多讥切时政的地方，甚至明指要罢某人的官，触怒了权贵，他不久就被罢免，结束了短暂的政治生涯。

京城待选是关系到官员政治前途的关键时刻，很多人都在京城找门路走关系，对上疏言事更是避之唯恐不及。王邦直却在此时直言进谏、直指时弊，丝毫不介意自己政治地位的低微，不计较个人政治前途的得失，体现了一种"天下兴亡，匹夫有责"的意识和正直勇敢、无私忘我的牺牲精神。

王邦直罢官后，返回故里即墨。因为家住在镜镕山附近，所以将书房命名为镜镕山房，在耕读之余专心著述。有人笑话他："官都没得做了，还辛辛苦苦写这些大家都看不懂的东西做什么？"王邦直坦言，他不辞辛苦研究律学，不仅是为往圣继绝学，还希望有助于国家的礼乐教化。可见，王邦直虽已归隐山林，身在草野，但却依然心系国家社稷。

经过二十年的苦心探索，王邦直终于完成了《律吕正声》。万历二十二年（1594），在王邦直八十二岁时，该书被翰林周如砥呈送于国史馆。万历三十六年（1608），王邦直去世八年后，该书由同乡黄嘉善、黄宗昌刊刻，署名黄作孚刻本，由李维桢、林增志作序。清代康熙年间，王士禛在明史馆也曾呈送《律吕正声》。乾隆年间，《律吕正声》被编入《四库全书》，并由四库馆臣撰写了提要。《律吕正声》还曾远播日本。该书现在藏于北京大学图书馆、台湾傅斯年图书馆。

王邦直的律学思想，推动了青岛地区音乐文化的发展。清代以来，民间音乐兴盛，崂山道教音乐、胶州茂腔、莱西鼓吹乐等蓬勃发展，这些都与王邦直律学思想的流风余韵有关。近年来，青岛一直致力于打造"音乐之岛"的文化品牌，王邦直的律学思想为"音乐之岛"注入了深厚的历史文化内涵，提供了坚固的历史文化根基。

4. 后尚左手
扬州八怪中的"西园左笔"高凤翰

1737 年 5 月 25 日，胶州书画家高凤翰在画完"睡莲图"之后，又全神贯注地投入"甘菊图"的创作之中。突然，他的右半身感到阵阵酸麻，右手已无法握住画笔，他不得不停止了作画。这次痛感非比寻常，他呆呆地望着自己的右手，陷入了沉思。

高凤翰（1683—1749），字西园，号南村，自号南阜山人，山东胶州人。在二十到四十五岁之间，高凤翰将人生最好的光景全部用在了科举上，但屡屡碰壁，到头来还只是个秀才。幸亏得到胶州知州黄之瑞的荐举，他考取了"贤良方正科"。雍正帝在圆明园召见了他，授予修职郎，委任为歙县县丞。十年间，高凤翰先后任休宁县代理县令、绩溪县代理县令，又任歙县县丞。之后拟升任仪征县令，可惜陷入了一场无头官司，这场官司与他山东老乡兼好友卢见曾有关。时任两淮盐运使的卢见曾，任职期间颇有政绩和声名，却被同僚嫉妒；他又因整顿商界，触犯了商家利益，被淮商痛恨，遭人诬陷。一时间流言蜚语随风而起，卢见曾以此入狱，而高凤翰则因与卢见曾过从甚密，被诬告者控告成同党，以莫须有的罪名被逮捕入狱。正是牢监里的皮肉之苦，使他原本就有的风痹症加剧恶化，以致右手疼痛不已。

"看来这一关，我是过不去了。"高凤翰回过神来，目光投射在"甘菊图"残卷上，思考下一步该怎么着笔。

次日，高凤翰本想把"甘菊图"完成，但他发现右手已经完全抬不起来了。他用左手狠狠地捶打着自己的右臂，可是一点知觉都没有！他的右臂残疾了！他痴人一般地呆坐着，不吃不喝，一动不动，从早晨到傍晚，从黑夜到黎明……

右臂残疾了，这对一个以作画为生的人，是多大的打击啊！他绝不甘心多年的书画造诣就此毁于一旦。他不愿认命，不肯认输。多年来，能让自己在繁忙的政务中喘息片刻的，无非是诗书画砚印而已。右手废了，就如同灵魂被抽空，精神世界一片空白，苟活在这世间还有什么意思，无非是行尸走肉罢了。想到这里，他用左手抓起墨汁，疯了似的往纸张上随性涂抹一气，直到精疲力竭才沉沉睡去。

不知睡了多久，他缓缓睁开蒙胧的泪眼，看着眼前的一切，惊呆了。画幅虽然毫无章法，但多年的书画功力加上不能随意驱使的左手，在强大的悲愤情绪的渲染下，竟让这幅画作呈现出生机勃勃的壮美。他暗叫一声："天不绝我高南阜。"

从此，他苦练左手，自号"丁巳残人""后尚左生"等，刻印"一臂思扛鼎"。他不断自勉，不断精进，到九月的时候，终于能够渐渐用左手作书画，而且风格恣肆奔放，超凡脱俗。

卢见曾诉讼案，直到1739年才得以平息，其后卢见曾被遣边疆，戍守军台，高凤翰则被免去县丞职务。在扬州，他多寄住在僧寺长寿庵和董仲舒祠，与金农、郑燮、李鱓等交游唱和。他们的诗画独辟蹊径，不落窠臼，雅俗共赏，加之特立高标的品行，因此被誉为"扬州八怪"。而高凤翰也因他别具一格的左笔书画被称为"西园左笔"。

在高凤翰十周年墓祀时，老友郑板桥亲笔为其题写碑文"高南阜先生墓"。墓碑至今珍藏在高凤翰的家乡——胶州市南三里河村高凤翰纪念馆里，见证着二人的友谊，述说着他卓绝而奋进的一生。

5. 天游园

康有为晚年的居住地

康有为是中国近现代史上的重要人物，他发动公车上书、戊戌变法，之后周游列国，对中西文化交流和政治体制改革等，均有独特见解和特殊贡献，可谓学贯中西，独步当时。康有为晚年定居青岛"天游园"。

天游园位于青岛市市南区福山支路5号，前临汇泉湾，后依小鱼山，是一栋三层德式砖木结构的建筑，原为德占时期总督府要员官邸。康有为在这个依山面海、高雅别致的地方，度过了四年的美好时光。

1917年，康有为第一次来青岛，拜谒了恭亲王溥伟。是日正值冬至，溥伟按清宫旧例，留康有为吃馄饨。康有为激动地写下了《丁巳冬至日游青岛并谒恭邸于会泉》一诗："海上忽见神仙山，金碧观阙绚其间。晓暾乍上映紫澜，楼观飞惊抗情恋。楼阁倚山临海滨，碧波浩荡通天边。吾时伏阙力争焉，大陈利害言万千。"这次来访，康有为被青岛的美丽景色所吸引，留下了那句著名的"青山绿树、碧海蓝天、不寒不暑、可舟可车、中国第一"的赞誉，从此康有为与青岛结下了不解之缘。这次来青的美好印象，让康有为决心晚年定居此地，颐养天年。

1923年5月，康有为再次来到青岛。这时中国政府已经收回青岛。康有为及夫人在胶澳商埠督办公署顾问陈干夫妇陪同下，选定了这座背山面海、风景极佳的建筑，并把宣统皇帝溥仪给他题的"天游堂"悬挂宅中，所以这所新居也叫"天游园"。何谓天游？天者，自然也；游者，游于万物而不著于心也。康有为对这所宅子颇为满意："屋虽卑小，而园甚大，望海绿波，仅距百步。"而且"风景极佳，盛暑不热"。一楼连接庭院，由随从居住，正面有个大台阶，从两侧楼梯可通往正室；二楼设有客厅、书房；三楼为卧房，房间不大，错落有致。1924年，康有为写下《甲子六月领得青岛德国旧提督楼》，来记述他得到新居时的心情："截海为塘山作堤，茂林峻岭树如荠。庄严旧日节楼在，今落吾家可隐栖。"

　　康有为人生的最后几年，经常在上海、杭州和青岛之间往来。每年避暑时节，他携一众家眷上岛。后因房屋不够用，他在园中加盖了一栋两层小楼，其实是将原来的马厩改建成了居所。1927年3月18日，在上海做完七十寿宴后，康有为搭船到了青岛居所。在"天游园"里，康有为白日登楼望海，夜间仰观天象。同年3月31日早晨5点，他病逝在楼内。

天游园（康有为故居）

　　"天游园"作为康有为晚年定居地，被世人所熟知。1984年12月24日，青岛市人民政府把这座小楼正式命名为"康有为故居"，并列为重点文物保护单位，以供海内外游人参观，是展示青岛近现代历史文化的重要名片。

（二）大师云集

1. 沉默寡言的大学校长

赵太侔掌舵国立山东大学

二十世纪三十年代初，时运动荡中的国立山东大学，就像航船迷失在茫茫大海之中。此时，身为著名学者和教育家的赵太侔临危受命，于1932年出任校长。自称"畸人"又沉默寡言的他，尽职尽责，开创了国立山东大学发展的黄金时期；国立山东大学的文化教育活动，也促进了青岛文化的繁荣。

赵太侔与国立山东大学结缘已久，早在学校筹建之时，他便已参与其中。正式担任校长后，深知"名师出高徒"道理的赵太侔，坚持"教授治校"原则。他用心准备了一个小本子，专门记录各学科的知名学者，在充分了解对方情况后，他或亲自登门，或托人聘请，先后从全国各地邀请来老舍、童第周、丁西林等一大批赫赫有名的专家教授，安排他们居住在鱼山路和合江路的别墅中。青岛一时成为名流云集、专家荟萃之地。

为了营造浓厚的学术氛围，赵太侔还积极邀请著名学者和社会名流来校举行学术演讲，每次学生们都蜂拥而至，场面十分壮观。有一次，北京大学教授陶希圣在春假期间到各地游览，赵太侔便抓住这次机会，热情邀请他来学校演讲。赵太侔在开讲前的致辞中说："我们平常很少有机会得校外的学者来讲演，尤其是因为青岛的位置偏僻，平常更是不易得到这种机会的。现在请到陶先生来校讲演，这是我们很难得的机会。"这些学术活动，开阔了师生的视野，也使整个校园洋溢着奋发向上、努力探索的风气。

1936 年，赵太侔迫于经济压力，辞职离开山大。1938 年，学校受战事影响停办。抗日战争胜利后，在山大校友的不懈努力和社会各界的奔走呼吁下，国立山东大学于 1946 年在青岛恢复办学，赵太侔再次担任校长。校友们听闻这个消息后，欣喜若狂。但复校工作头绪繁多、困难重重。当时，山大校舍被美国军队占用，这是恢复办学的最大障碍。为了解决这个难题，赵太侔一回到青岛，便马不停蹄地去找美军司令谈判。在交涉过程中，美军竟然声称自己是"救世主"，把被霸占的山大校舍硬生生说成是他们从日军手中得来的兵营，态度十分强硬无理。面对这种蛮横行为，赵太侔不辞辛苦，来回进行了多次交涉。在他不懈的努力下，陆续收回了原本就属于山大的校舍。

青岛解放前夕，赵太侔的长子赵西路写信劝他离开青岛，赵太侔对此很是不满，说："要我走开，还去过流亡生活？"简单的一句话道出了他不愿离开学校、不愿

国立山东大学校门

离开青岛的心情。正如他在自传中所说："我不能丢开全体员生不管，而一走了之……危难之际，只有和大家抱在一起，患难生死与共。"此时赵太侔心中只有一个信念，那就是保护好学校的一草一木，将它完整地交给人民。1949 年 6 月青岛解放后，赵太侔将国立山东大学完好无损地交到了人民政府的手中。

赵太侔一生追求"学术救国""教育救国"，在两度任职国立山东大学校长期间，他恪尽职守，促进了学校的繁荣发展。同时，他以国立山东大学为人生舞台，聘请诸多人文、生物方面的著名学者来校任教、科研，丰富了青岛这座海洋城市的文化内涵。

2. 神通广大的朋友圈

杨振声缔造"酒中八仙"

唐代杜甫作有《饮中八仙歌》，生动再现了盛唐时期八位"酒仙"乐观、豁达的精神风貌。而二十世纪三四十年代，在国立青岛大学校长杨振声的带领下，山明水秀、风光旖旎的青岛，又诞生了新一代的"酒中八仙"。他们齐聚一堂，开怀畅饮，呈现出文人学士独有的豪放洒脱，成就了一段流芳后世的佳话。

1930 年，杨振声出任国立青岛大学校长。上任后，他效仿蔡元培"兼容并包"的办学原则，一时间，国立青岛大学名流云集，学术氛围十分浓厚，同事关系也十分融洽。然而，教师们教学之外的生活却十分单调。青岛背山面海，风景如画，冬暖夏凉，气候宜人。但是作为新兴城市，就像梁实秋所说，缺乏浓厚的文化氛围，也没有适当的娱乐活动。空闲的时候，杨振声、闻一多等人便去爬山望海，但时间一长，这些风景也逐渐失去新鲜感，生活日渐显得单调枯燥。

为了活跃气氛，充实生活，杨振声在每个星期开完校务会议后，都会向大家提议一起外出聚饮。除杨振声外，经常参加聚会的还有赵太侔、梁实秋、闻一多、陈季超、刘康甫、陈命凡和方令孺。但成员不固定，经常会有变化。在一次宴饮会上，闻一多环顾在座的八个人，觉得大家性格、脾气相投，平时又谈得来，一时来了灵感，脱口而出："我们是'酒中八仙'！"因为李白、贺知章等八位文人学士被称为"酒中八仙"，他们便自称"新八仙"。久而久之，以杨振声为首的"酒中八仙"，便也名声在外。

此后，他们的生活便增添了无限风光与乐趣。每次开完校务会议，杨振声就呼朋引伴，吆喝着"酒仙"们，到离学校不远的山东馆子顺兴楼或河南馆子厚德福开怀畅饮。花雕黄酒是"酒仙"们最钟爱的。他们每次都会打开一坛三十斤的黄酒，因嫌伙计倒酒太慢，便直接用碗从坛子里舀着喝，一口一大碗，气势奔放，畅快淋漓。喝酒时，划拳是必不可少的。杨振声不但酒量大，而且擅长划拳，每每喝到兴头上，便意气风发，大声招呼着大家，挽起袖子划拳。参与划拳的各位，也都个个身怀绝技。陈命凡出手奇快，而且嗓音响亮，每次都以"迅雷不及掩耳之势"抢在大家前面，常常自诩"山东老拳"；罗清生精于猜拳，不同于陈命凡的先声夺人，他是在一旁默默观察，猜测对方惯有的套路。整个场面喊声震天，人人扯着响亮的嗓子，像"鸡猫子喊叫"，好不热闹！酒仙们还放出狂言："酒压胶济一带，拳打南北两京！"俨然一副豪气冲天的样子。聚饮一般从下午六点开始，一直喝到夜深人静，他们个个东倒西歪，与平日里温文尔雅的形象很不相称。

"酒中八仙"饮酒时的豪爽姿态和惊人酒量，胡适深有体会。1931年1月21日，胡适从上海赶往北京的途中，路过青岛，稍作休息。"酒仙"当晚便热情宴请。他们像往常一样划拳豪饮，胡适看后大吃一惊，招架不住如此凶猛的场面，急忙取出太太送他的刻有"戒"字的金戒指，戴在手上作为挡酒牌，这才侥幸躲过一"劫"。后来，梁实秋曾在《我看世间一切有情》中感叹道："当年酗酒，哪里算得是勇，真是狂！"一个"狂"字，道出"酒中八仙"的那份真性情。随着梁实秋结束四年青岛之旅定居北京，"酒中八仙"的聚饮也就结束了。

酒中八仙雕塑

在动荡的岁月里，"酒中八仙"依旧保持着对学术、对教书育人的热爱，保持着对朋友的赤子之心，苦中作乐，把酒言欢。这段往事，见证了一代学人的情趣和风采，成为青岛近代文化史上的一段佳话。

3.《骆驼祥子》

老舍在青岛的创作高峰

青岛黄县路上，一座普通院落的门旁，左边黑漆木牌上赫然刻着四个字"老舍·老舍"。这是老舍在青岛的故居。正是在这个静谧舒适的地方，诞生了轰动整个中国文坛的小说《骆驼祥子》，奠定了老舍在中国现代文坛举足轻重的地位。

来青岛之前，老舍怀揣"职业作家"的梦想，为找到一个可以专心写作的"福地"，风尘仆仆地跑到北京、成都、上海等地考察。在上海住了十几天后，老舍的心一下凉了半截："为什么天气这么热，我的心却这么凉？"上海炎热的天气和压抑的文化氛围，让老舍很不适应。1934 年 8 月，老舍接受了国立山东大学文学院的聘请，从济南来到青岛。他先后在莱芜路、金口路租住了一年多。老舍对青岛适宜的气候、安静的环境非常满意："还是青岛好呀，居然会留住了我！"从此，老舍与青岛结下了不解之缘，迎来了创作生涯中的黄金时期。

1936 年春，老舍与一位朋友闲聊，这个朋友谈起在北平时曾经雇佣过一个车夫："这个车夫自己买了车，又卖掉，像这样三起三落，到最后还是受穷。"听了这几句简单的叙述，老舍灵机一动，说："这就可以写一篇小说！"那个朋友又说："有一个车夫被军队抓了去，哪知道，因祸得福，他趁着军队移动的时候，偷偷地牵了三匹骆驼回来。"这又给了老舍非常大的启发，两个车夫不同的命运，激起了老舍创作的欲望。这两个车夫分别姓什么，哪里的人，老舍都没有问，只是记住了车夫与骆驼，这便是《骆驼祥子》的核心。

捕捉到这两个有趣的故事后，老舍像入了迷，天天想："刮风天，车夫怎样？下雨天，车夫怎样？"而青岛的社会环境又为老舍提供了充足的素材，他经常与当地的黄包车夫聊天，到处搜集材料，构思小说的主要内容，就像他自己说的："从春到夏，心里老在盘算，怎么样把那一点简单的故事扩大，成为一篇十多万字的小说。"

老舍认为，只有把全部心血投入创作中，才能写出真正的经典。于是，他在1936年夏天辞去了山大的教职，并在12月份搬到了环境雅致、舒适幽静的黄县路12号，开启了《骆驼祥子》的创作之路。老舍在写作《骆驼祥子》的过程中，生活十分拮据。在《文艺副产品——孩子们的事情》一文中，老舍回忆到，当时他丢掉了每个月可靠的收入，必须"拿稿子赚碗'粥'吃，'饭'是吃不上的。除了星期天和闹肚子的时候，每天总会动动笔，无论多少，反正得写点"。

老舍写作时还经常受到孩子们的打扰。女儿舒济当时才三岁，经常偷偷溜进书房去，在老舍的书稿上涂涂画画，还美其名曰："小济会写字。"尽管如此，黄县路优美舒适的环境，还是提供了惬意的写作氛围。老舍在《樱海集》序里提到黄县路的风景："开开屋门，正看到邻家院里的一树樱花。再一探头，由两所房子中间的间隙看见一小块儿绿海，红樱绿海都在新从南方来的小风里。"据老舍夫人胡絜青回忆："在黄县路居住的这段时间是老舍一生中创作的旺盛时期。"

1936 年冬，倾注了老舍心血与精力的《骆驼祥子》写作完成。他在《我怎样写〈骆驼祥子〉》中说："《骆驼祥子》是我作职业写家的第一炮。这一炮要放响了，我就可以放胆的作下去。"《骆驼祥子》并没有让老舍失望，在《宇宙风》连载刊登后，成功地轰动了文坛，震动了全国。

在青岛的岁月，是老舍小说创作的第一个巅峰，安静舒适的青岛和幽深寂静的黄县路，为他提供了祥和静谧的创作环境；朴实的百姓与丰富的生活，为他带来了创作的激情和灵感。老舍的目光聚焦中国最底层的平民，执着于国民性格和国民精神的探究；而他在青岛写下的一部部脍炙人口的文学著作，也滋养着这里的人文底蕴，铸造着城市的文化记忆。

骆驼祥子博物馆（老舍故居）

4. 君子国的美食

梁实秋在青岛的美好岁月

"我曾梦想，如果有朝一日，可以安然退休，总要找一个比较舒适安逸的地点去居住……我虽然足迹不广，但北自辽东，南至百粤，也走过了十几省，窃以为真正令人流连不忍去的地方应推青岛。"这是梁实秋移居台湾后，在《忆青岛》一文中写下的文字，可以看出，时隔半个世纪，青岛仍是梁实秋心中的久居之地。

1930年，国立青岛大学刚刚成立，校长杨振声赴上海物色教员，邀请梁实秋和闻一多来青任教。初受邀时，梁实秋拿不定主意，后来听说青岛景物宜人，颇为心动，便决定携夫人同好友闻一多赴青岛"考察"。此次考察之旅的结果是皆大欢喜的，青岛冬暖夏凉，风光旖旎，人情浓厚，完全符合他的定居标准；而夫人程季淑特别喜爱青岛的洁净与气候，这更加重了梁实秋决定来青的砝码。同年8月，梁实秋正式被聘任为国立青岛大学外文系主任兼图书馆馆长。

初到青岛，梁实秋就被青岛人民的"知礼"所触动。车夫路遇居民接水用的橡皮管，即使四顾无人，他们也必定停车，下车把水管高高举起，把马车赶过去，再把水管放下来。在青岛的第二年，梁实秋一家搬到鱼山路7号居住，新居是刚建好的二层小楼，上下各四间，还有地下室，小院也很宽敞。房东为人忠厚朴实，因为院子太过空荡，梁实秋夫妇要求他在院子里栽几棵树。房东旋即种下六棵樱花树，两棵苹果树，四棵西府海棠。每到春夏，小院里花红叶茂，赏心悦目。梁实秋一家将要离开青岛时，他们租住的房屋还有三个月到期，但他仍依约付足全年租金，房东却执意不肯收下。青岛"君子国"的印象，深深烙在梁实秋的心中。

梁实秋是讲究生活情趣、懂得享受生活的人。除教书育人、创作翻译外，饮酒、美食、品茶，他样样在行。作为美食家，青岛的珍馐美味最让梁实秋念念不忘。梁实秋是不折不扣的"吃货"，无论到什么地方，总是要先满足口腹之欲——说到头来还是"馋"。但他说馋不是罪，反而是胃口好、健康的表现，比食而不知其味要好得多。梁实秋觉得吃西餐用刀叉过于"斯文"，不够豪迈，他喜欢"接地气"。有次梁实秋在住所后的山坡闲步，见有人担了两大笼屉热气腾腾的饺子，一伙匠人揭开笼屉盖，拿起就咬，微风吹来一股韭菜馅的香味。这香味让梁实秋不由得停下脚步。只看他们一边吃着巴掌大小的饺子，一边用瓢舀着水喝，山东大汉的豪迈，展现得淋漓尽致。

青岛的美食，自然离不开海鲜。梁实秋曾被清人张焘诗中的"西施舌"馋得遐想连篇。"西施舌"是青岛盛产的一种海蚌，梁实秋第一次吃"西施舌"，是在顺兴楼上："一碗清汤，浮着一层尖尖的白白的东西，初不知何物，主人曰西施舌，含在口中有滑嫩柔软的感觉，尝试之下果然名不虚传。"

"青岛四年之中我们的家庭是很快乐的。"梁实秋一家在青岛度过了美好的时光，蔚蓝的大海带给他无尽的思绪。晚年的梁实秋，还让女儿从青岛第一海水浴场装了一小瓶沙子，辗转送到台湾，以寄托对青岛美好岁月的浓浓思念之情。

5. 刹那的永恒

闻一多创作新诗《奇迹》

1930年夏，一位年轻的诗人踏上了青岛的土地，他便是31岁的已负盛名的闻一多。是年，国立青岛大学成立，校长杨振声向闻一多发出了热切的召唤。旧友相邀，盛情难却，闻一多出任文学院院长兼中文系主任。

闻一多喜欢海，初来青岛时，他与家眷住在离海水浴场不远的文登路，一出门就是海滩。黄昏时，闻一多漫步海滨，海上波涛涌起，白浪翻滚，海风呼啸，他常常驻足岸边，流连忘返。为此，他创作了此生唯一一篇即景抒情散文《青岛》，写出了青岛春、夏、秋三季的美景。在他的笔下，有青岛的海、花、云、树、石、路、沙滩、游人……若你想了解青岛的花，他告诉你："四月中旬，绮丽的樱花开得像天河，十里长的两行樱花，蜿蜒在山道上，你在树下走，一举首只见樱花绣成的云天。樱花落了，地下铺成 条花溪。"若你想知道青岛的海，他告诉你："黄昏时潮水一卷一卷来，在沙滩上飞转，溅起白浪花，又退回去，不厌倦的呼啸。天空中海鸥逐向渔舟飞……"

自14岁考入清华学校，闻一多就开始了诗歌创作。他于1922年赴美，先后在芝加哥美术学院、科罗拉多大学留学，期间诗歌创作颇丰，并编成诗集《红烛》出版。回国后，又出版了诗集《死水》。两部诗集，奠定了他在当时中国诗坛的地位，其作品成为中国现代诗歌的杰出代表。

来青岛之前，闻一多已有两三年没写诗了，而青岛那起伏的波涛，苍翠的松林，怜人的月季和耐冬，无时不在激发他的诗兴。1930 年 11 月 7 日，闻一多在致饶孟侃的信中谈道："近来也颇感技痒，只是不知如何下笔，干着急。怕是朋友们问起我的诗。"然而不到一个月，长诗《奇迹》就已完成。"那便是我的一刹那，一刹那的永恒———一阵异香，最神秘的肃静……"《奇迹》是闻一多"花了四天工夫，旷了两堂课"写成的。他按捺不住内心喜悦，写信向朋友报喜："足两三年未曾写出一个字来，今天破了例，这消息自然得先报告你们。毕竟我高兴、得意……"信中回荡着闻一多写作长诗的激情余波。1931 年 1 月 20 日，《奇迹》在《诗刊》创刊号问世，这是闻一多告别诗坛的压卷之作。

在青岛这座历史文化名城的基石上，闻一多的名字是用三分诗人的激情和七分学者的冷峻镌刻而成的。二十世纪三十年代的社会动荡，使闻一多疲惫不已，这个感情如烈火般奔放的诗人，一心钻进书堆，不问世事。写完《奇迹》之后，闻一多基本停止了新诗创作，潜心学术研究。来到青岛的第二年，闻一多搬进了国立青岛大学的第八校舍。在今中国海洋大学鱼山校区东北角，这栋二层小楼静静伫立，红瓦黄墙闪耀着热情的光芒。

当时著名古代文学研究专家游国恩住在楼下，闻一多常常和他聚在一起，对《诗经》和国学进行探讨。闻一多在游国恩的影响下开始楚辞研究。冯友兰说："由学西洋文学而转入中

位于中国海洋大学鱼山校区的"一多楼"

国文学，一多是当时的唯一成功者。"

　　1932 年 8 月，闻一多离开青岛。1950 年，闻一多曾居住的小楼被命名为"一多楼"，楼前辟有花园，园内立有闻一多雕像。"一多楼"成为青岛市著名的人文景观之一。

6."乡下人喝杯甜酒吧"
沈从文的甜蜜爱情故事

　　"让我这个乡下人喝杯甜酒吧。"这是沈从文写给张兆和的情书，与现在的"我爱你"相比，这句话似乎显得更加委婉与深情。两人相濡以沫，举案齐眉，相伴一生。而美丽的海滨城市——青岛，就是这段动人爱情故事的见证者。

　　沈从文与张兆和的故事开始于 1929 年。那一年，沈从文受到胡适的邀请到位于上海的中国公学教书，在第一堂课上，操着一口湘西方言的沈从文就出了不少洋相，引得学生们哄堂大笑，而目睹他出洋相的人中，就有张兆和。此时的她，正值青春年华，才貌双全，单纯善良。沈从文不由得对张兆和动了心，但木讷害羞的他不敢当面表白，于是就采用了写情书的方式。一开始张兆和并不喜欢他，张兆和的二姐张允和还取笑说，沈从文大约只能排为"癞蛤蟆第十三号"。但沈从文并没有放弃，仍然继续着马拉松式的写信。

故事的转折是在青岛发生的。1931年，沈从文应国立青岛大学校长杨振声之聘，离开上海，到青岛执教。次年，张兆和大学毕业，回到苏州。异地的思念，时时刻刻缠绕着沈从文，他就将心中的感情化作笔下的文字，寄到苏州。沈从文在青岛看海、爬山、赏花时，无时无刻不思念着他的爱人。"我希望我能学做一个男子，爱你却不再来麻烦你，我爱你一天总是要认真生活一天，也极力免除你不安的一天。为着这个世界上有我永远倾心的人在，我一定要努力切实做个人的。"随着这一封封情书的到来，张兆和的心也一点点被打动。

1932年的夏天，沈从文带着巴金建议他买的礼物——一大包西方文学名著来到苏州张家。一家老小见沈从文文质彬彬，都对他印象极好。下面这封著名的"蜜电"，就是沈从文离苏回青后发给"内应"张家二姐张允和的："如爸爸同意，就早点让我知道，让我这个乡下人喝杯甜酒吧。"

三年的苦恋终于迎来了甜蜜时刻。张兆和的父亲思想开明，对儿女的恋爱、婚姻，从不强硬干涉。在得到父亲的明确意见后，张允和与张兆和一同到邮局，给沈从文发了一份电报。张允和的丈夫周有光回忆道，她们在电报中就回复了一个"允"字。这个字有两个作用：一个是允许，另外表示发电报的是张允和。一个字的电报发出去了，张兆和担心沈从文看不懂，就给沈从文发去了另一封电报："乡下人，来喝杯甜酒吧！"

沈从文接到电报后，欣喜地找到赵太侔。为了成人之美，赵太侔聘请张兆和到学校的图书馆工作。1932 年 9 月，张兆和到了国立山东大学，两个人终于走到了一起。他们经常牵着手去栈桥看海，或者去汇泉湾的海水浴场。爱情的滋润没有让沈从文迷失自己，反而成了他事业上的动力。沈从文在青岛的两年间，发表中、短篇小说三十三篇，人物传记三部，诗歌、评论七篇。他在《我的写作与水的关系》中说："我的住处已由干燥的北京移到一个明朗华丽的海边。海既那么宽泛无涯无际，我对人生远景凝眸的机会便较多了些。海边既那么寂寞，它培养了我的孤独心情。海放大了我的感情与希望，且放大了我的人格。"

在青岛期间，沈从文很喜欢爬崂山，他先后六次游览崂山，并在崂山住了很多天。几十年后，他对崂山记忆犹新，最难忘"三步紧"峭壁之上海鸟的飞翔；他还对九水一带的崂山妇女印象深刻，认为她们美丽又勤劳。沈从文曾经在给友人的信中说："《边城》酝酿于青岛，只是到了北京以后才落笔。"所以翠翠的身上也有崂山妇女的影子。

生活稳定，收获爱情，创作成熟，作品丰收。正因如此，沈从文对青岛怀有特殊的感情，他表示："'我对青岛的感情非常深，青岛是我一生最喜欢的地方'，其他的海滨城市'总觉得不如青岛'"。

7.《劫后桃花》
洪深编剧的特级巨作

1934 年，国立山东大学外文系主任梁实秋离青北上，临行前大力推荐洪深来校任教。校长赵太侔便亲自点将，赵太侔夫人俞珊也从旁劝说洪深。友人相邀，盛情难却，此时已经在戏剧界、电影界如日中天的洪深来到青岛，接替梁实秋任外文系主任。洪深与青岛渊源很深，远非一两句话能说清楚，也不应从这时说起。

1914 年，二十岁的洪深仿佛有所预感，用故作苍老的回顾一生的口气说："余至青岛，前后凡四次……而见闻所及，颇有可记录者。"洪深最早来到青岛是因为他的父亲洪述祖。洪述祖是袁世凯的亲信，因涉嫌宋教仁刺杀案，化名"恒如初"，到青岛避难，洪家为此在青岛置办了一些房产，其中崂山南九水的别墅"观川台"，便是洪深常住之处。也正是在这一年，日本占领青岛，"观川台"被强行夺走，洪深失去了在青岛的一个家。

二十年后的 1934 年，洪深再度来青，故园不在，这座城市也经历了沧桑巨变。他感慨万千，在《我的"失地"》里这样写道："我每次到青岛，总得设法到南九水去探视一次，去时总是独自一人的时候多。我轻易不敢对人家说，我才是这屋的真正主人；人家也不晓得我还有这样一块'失地'。"

大概这篇散文只能表达出洪深思绪的万分之一，他又在此基础上创作了剧本《劫后桃花》。在剧本中，洪深将自己的青岛往事重新加以剪辑，演绎了一段悲喜交加的人生影像，无尽的哀伤裹挟着稍纵即逝的欢欣，那是对失去的家园的追忆与痛悼。

　　《劫后桃花》可以称得上是青岛的一部城市传奇。故事大概内容：前清遗老祝有为，在辛亥革命后避居青岛，并购得一所花园别墅。德国败退时，祝家正值家境败落，宅院被觊觎祝家小姐而不得的翻译官勾结日本军队夺走；曾对祝家小姐有朦胧爱慕之意的花匠，后被迫离开青岛。后来，随着政权更迭，别墅又辗转被多个主人拥有，祝家反遭陷害和逐出，他们几度试图收回别墅，均以失败告终。花匠在北洋政府收回青岛后归来，可别墅已改为新政府的官署，此时的祝家小姐也已嫁给家庭教师李先生为妻。他们回到那久违的繁华门前，却落得一个静悄悄的结局——他们一同默默站立在雕花铁门外，窥看那一树桃花，独自明在庭院。

　　《劫后桃花》使洪深经年萦绕心头的家族隐秘情绪奔涌而出，表达了对吞噬中华民族利益和中国人民个人利益的外敌的愤慨，讽刺鞭挞了一切奴颜婢膝的民族败类。此剧是洪深在艺术上和思想上达到巅峰的结晶。1935年，明星公司将《劫后桃花》拍摄成电影，由洪深担任编剧，张石川担任导演，电影皇后胡蝶担任女主角。该剧目被列为"1935年特级巨作"，在中国电影史上留下了辉煌的一笔。

　　《劫后桃花》是现代中国电影中首部在青岛拍摄外景的影

片。若干年前，有一只蝴蝶飞到青岛，采下一朵"劫后桃花"，留下翩翩蝶影和闪烁的星光。若干年后，八大关追寻蝶影，蝴蝶已经飞走，飞进了历史，飞进了我们记忆的深处。如今位于山海关路 21 号的蝴蝶楼，便是当年祝家花园的取景地，室内陈设保持原貌，楼体的粉红与白色相映，游人至此，仿佛沉浸在桃花海洋之中。

劫后重生，故人回到老宅，院内桃花盛开，而故人心中的"桃花"却早已面目全非。"劫后桃花"是什么？可能洪深本人也难以说清道明，但他的那一树桃花永远在记忆里鲜明灿烂。

洪深故居

8. 创办文学期刊《青潮》
王统照拓荒青岛新文学

青岛观海山山脚下的观海二路 49 号，有一栋古朴幽静的小楼，小楼背靠观海山，院中有几棵苍翠松柏，这就是新文化运动先驱王统照的旧居。沿着台阶向上，有一间书房，这就是王统照的"望海楼"。

1927 年，而立之年的王统照料理完母亲的后事，从诸城老家来到青岛定居，自号"息庐"。"我爱这边的幽静，而又不缺乏什么。"王统照一到青岛，就用这样的笔触写下了对青岛的喜欢。其实在母亲去世前，王统照就购置了观海山上的这块土地，建起十几间错落有致的小屋。小屋位置绝佳，走出房门就可以望到胶州湾和大半个市区。每天夜晚，市井之声安静下来，可以听到夜潮的声音，雾天还能听到海牛的"呜咽"。

"遥睇海天远，苍茫洗郁怀。"为了看海，王统照在书房前搭起一个凉台，起名"望海台"。夕阳西下，海水一片通红，对岸的远山是一片紫色，周围的云也镶上了金边，像是一座金色的弯门，海色天风，最适人意。他常常同朋友登台，品茗看海，疏解胸臆。当时在国立青岛大学任教的闻一多、老舍、洪深等都是他的座上常客，每每相会，他们谈天说地，话题从文学到戏剧，从社会时事到人生理想。王统照对那些有文学潜力的青年人更是循循善诱，尽力扶植。望海楼成为许多青年学子心中的神圣之地，臧克家、王亚平、吴伯箫等人频繁造访请教，王统照常常彻夜和他们围炉夜话。吴伯箫这样回忆："观海二路的书斋里，同你送走过多少度无限好的夕阳，迎接过多少回山上、山下的万家灯火。"

1929年，王统照创办了青岛文学史上第一个文学刊物《青潮》。他说："我们想借助文艺的力量来表达思想，在天风海浪的浩荡中，迸跃出这无力的一线青潮。"《青潮》的创刊，是以王统照为领袖的青岛本土作家的第一次群体亮相，开拓了青岛新文学的园地。

可能受到海潮日夜不息的渲染，在青岛微微咸腥的日子里，王统照思如泉涌，妙笔生花，诗集、散文、小说都有出版，《青

120

岛素描》《海浴之后》《沉船》都来源于在青岛的耳闻目睹。1933 年，其代表作长篇小说《山雨》问世，标志着王统照的文学创作走向成熟。这部气势磅礴的小说，含义是"山雨欲来风满楼"，真实地再现了军阀混战、兵匪灾荒下的北方农村。茅盾撰文称其为"在目前文坛上应当引人注意的新作"。吴伯箫把它与茅盾的《子夜》并列，称为"子夜山雨季"。

1936 年，王统照赴上海从事文学活动，从此青岛便成为王统照记挂的"故土"。直到 1945 年春，王统照回到青岛，先用化名王恂如在齐东路赁房居住，日本投降后，才得以回到观海山的旧宅。同年，王统照被聘为《潮音》的主编。在他的精心耕耘下，《潮音》为青岛的文学发展带来了新的高潮，郑振铎、郭绍虞、丰子恺、徐中玉等文学大家都有作品在此发表。1946 年 2 月，国立山东大学在青岛复校，王统照被聘为文史系教授，他一面教书，一面继续文学创作，并扶持学生主办的校内刊物。此时的王统照就像一盏明灯，照耀着学生们向光明大路走去。1947 年 6 月，国立山东大学学生开展了"反饥饿、反内战"斗争，他在大会上挺胸表态："同学们，我支持你们！"向最后的黑暗唱出响亮的伐歌，极大地鼓舞了学生。进步学生遭到镇压后，王统照义愤填膺，坚决辞去教职，以示抗议。中华人民共和国成立后，山东大学又聘王统照为中文系主任，他愉快地重返校园，为人民执掌教鞭。1950 年 9 月，王统照告别了长期居住的青岛，去往济南任教。

1956 年，好友李澄之到王统照旧居造访，以旧居为背景拍了一张照片，王统照特地加印一幅，并题诗寄给远在北京的儿子王立诚。诗曰："卅载定居地，秋晖共倚栏。双榆仍健在，大海自安澜。风雨昔年梦，童孙此日欢。夕阳绚金彩，天宇动奇观。"诗中流露着王统照对青岛掩饰不住的喜爱和怀念。

1957年，王统照病逝于济南。青岛，王统照牵挂一生的故土，留在了他无尽的思绪中。

9. 创办海洋系

赫崇本奠基中国物理海洋学

1952年，国立山东大学迎来了第一批海洋系学生。开课第一天，一位老师怀揣着对祖国海洋科学教育事业的无限热忱，精神抖擞地走上讲台，望着台下一张张稚嫩的面庞，用洪亮的声音讲道："国家的富强与安危需要我们掌握海洋科学知识……当你们走进课堂时，改变祖国海洋科学研究落后局面的重任就落在了你们的肩上……"他就是赫崇本。而他的这番话，如同指路明灯，照亮了我国的海洋科学之路。

海洋系第一批学生大多来自内陆，看着海洋的惊涛拍岸、潮起潮落，他们内心充满了探索的热情。入学不久，赫老师就带领他们乘坐中国科学院海洋研究所的"海鸥"号考察船，计划从胶州湾出海，航行至大公岛，让学生亲身感受这个蓝色的世界。但事与愿违，船只行进到胶州湾湾口时，天气突变，刹那间风急浪高，船体急剧摇晃，海水涌上甲板，打湿了同学们的衣衫。这些来自内陆的"旱鸭子"无一不对陌生的海洋感到恐惧，刚开始的陶醉和兴奋如今只剩下恶心、呕吐和一片哀号。

赫老师观察到学生的状态，告知船长，让"海鸥"号返航至胶州湾。在胶州湾内，他拿着海图，给学生们绘声绘色地讲述胶州湾的历史以及海洋知识。回到学校后，有位学生对海洋满是恐惧，天天以泪洗面，哭诉道："我是家中独子，要让父母知道海洋这样凶险，爸妈就吓死了。回家！回家！"赫老师在旁边安慰道："晕船是可以战胜的，我在美国留学时，在太平洋上有过近一个月的航行，开始浪大时好几天都不能进食，后来也都挺过来了。"在他的帮助下，学生们慢慢地了解了大海，适应了大海。

赫老师从这次"晕船教训"中总结出了经验，以后每次出海，都会让学生先在胶州湾内适应一段时间，然后再到外海，降低学生对海洋的恐惧感，增强学生在海上作业的适应度，使教学质量更佳。

在第二学年结束的时候，系里会安排一次教学实习，目的是使学生在实践中巩固课堂上所学的知识。1961 年 5 月 29 日，赫老师带领二年级的学生，乘坐海军 703 登陆艇至大公岛，进行观测活动。夜晚来临，老师和学生都睡在船舱内，船舱下面是凸纹钢板，躺在上面硌得腰疼，粮食也不够吃。船上的"后勤部长"侍茂崇和赫老师商量："粮食不够吃，是不是不要安排学生值夜班了？"赫老师想了想，回答道："教育计划已经定了，就不要随意改动了。"因为担心值班同学的安全，他夜夜失眠，晚上十二点之后，还常常出现在甲板上。

毕业前夕，为完成毕业论文，还会进行一次毕业实习。在出海前的动员大会上，赫老师再三提及海洋工作者要有"一不怕苦，二不怕死"的精神。学生们把赫老师的话牢牢记在心里，知行合一。当时指导老师说的一番话，便是最好的证明："这三十多名学生在海上实习时都十分听话，工作都非常认真，为了获取更加详细的数据，甚至连女生都会爬到桅杆上观测，绝不含糊。"在论文写作方面，赫老师对学生的毕业论文要求极为严格，严禁抄袭，并亲自进行批阅，给出合理的成绩。

赫崇本严谨治学的精神，深深地影响了每一位学生。他将"纸上得来终觉浅，绝知此事要躬行"的教学原则内化为教学活动，让学生每年都有一次零距离接触海洋的机会，不仅夯实了学生的理论功底，更锻炼了学生独立进行海上工作的能力。他培养的一批又一批杰出海洋工作者，已经成为我国海洋事业的中坚力量。

（三）忠烈英魂

1. 杨明斋

受人尊敬的"忠厚长者"

一位让共产主义火种在中国传播的革命者，生前在国内没有留下任何影像资料，最后长眠在俄罗斯莫斯科顿河公墓。这位鲜为人知的革命者，就是被周恩来总理称为"忠厚长者"的杨明斋。

1882 年 3 月，杨明斋出生于山东平度马戈庄村一个农民家庭。因自然灾害，家道中落，16 岁的杨明斋辍学务农。那时的山东，"闯关东"是百姓谋生的普遍选择。当地流传民谚："死逼梁山上关东，走投无路下崴子。"于是，杨明斋就到海参崴做苦工。在海参崴，虽然生活极其艰苦，但他仍然没有放弃学习，期间，他还参加了布尔什维克领导的工人运动，被推选为华侨工人代表，并光荣地加入了列宁领导的布尔什维克党。

五四运动爆发后，"还我青岛"的呼声传到了俄共党组织，家乡的命运牵动着杨明斋的心。经共产国际批准，杨明斋作为俄共（布）远东局代表维经斯基的翻译和助手回到中国，这是他的第一个身份。随后，杨明斋积极参与了中国共产党的筹建工作。在北京大学，他首先见到的是李大钊。了解到杨明斋的情况后，李大钊称赞他"万里投荒，一身是胆"，"一个闯崴子的苦劳工竟然参与十月革命，践行马克思主义，今天把共产国际工作组带到了家门口，真了不起啊！"

杨明斋的第二个身份是筹建中国共产党的一位"牵线人"，他在共产国际和中国马克思主义者之间牵线，为中国共产党的成立做了大量的联络和准备工作。1920 年，杨明斋在上海成立了中俄通讯社，向《新青年》《民国日报》等国内媒体供稿，介绍十月革命的胜利和经验，同时将有关中国的重要消息译成俄文发往莫斯科。同年 5 月，杨明斋促成了上海马克思主义研究会的成立，并担任负责人。当年秋天，杨明斋回到山东，在济南与王尽美、邓恩铭等人会见，随后返回平度，向乡亲们宣传俄国革命，推动山东早期党组织的建立。

杨明斋在上海的住所——渔阳里6号，是中国第一个社会主义青年团——上海社会主义青年团的成立地，当时在这里办有一所外国语学社，杨明斋担任校长并亲自教授俄语，传播马列主义理论。这是杨明斋的第三个身份——为党培养新人的领路人。这所外国语学社是革命的摇篮，也是中国共产党最早培养干部的学校之一，学生最多时达五六十人。1925年，共产国际决定成立莫斯科中山大学，为中国革命和国共两党培养干部，杨明斋负责选拔留苏学员工作，先后选送两批干部赴苏学习，刘少奇、任弼时、王稼祥、乌兰夫、伍修权等一批无产阶级革命家都曾是他的学生。

　　1930年，杨明斋秘密越境赴苏联治病时，被当作叛逃者逮捕，并被流放到托姆斯克当勤杂工。流放期满后，他来到莫

修缮后的杨明斋故居

斯科，进入苏联外国工人出版社工作，先后任投递员、誊写员和校对员。在此期间，斯大林肃反运动不断扩大，杨明斋被关进监狱，以"日本间谍、托派恐怖分子"等罪名被判处死刑。1938 年 5 月 26 日，在苏联捷尔任斯基广场被集体枪杀后，杨明斋的遗体被装上卡车，运到顿河坟地集体火化并埋葬在一起，遗骨无处寻找。至此，这位为党的早期事业做出巨大贡献的革命家，葬身异国他乡。

走得再远都不能忘记来时的路。1989 年 1 月，苏共中央通过决定，为杨明斋平反，恢复名誉。同时，杨明斋由我国民政部门公布为革命烈士。作为中国共产党的早期革命活动家，杨明斋播撒的马克思主义种子，已经在中国长成了参天大树。现在的中国正以矫健的步伐，一步步实现杨明斋孜孜以求的目标。

2. 郭隆真

北方妇女运动的先驱

"脚是用来走路的，不是给人家看的。"这是中国北方妇女运动的先驱郭隆真在少年时期拒绝裹脚时说的话。

1894 年出生于河北一个回族家庭的郭隆真，不满 10 岁时就问父亲："有'男儿经'没有？为什么这个《女儿经》尽叫女儿干这干那，那哥哥什么事也不干啦？"父亲回答说："男治外，女治内，因为内外有别，学的东西也就不同，男儿要念四书五经。"郭隆真用木兰从军、缇萦上书救父等故事与父亲争论。她以绝食的方式抗议缠足陋习："妇女缠了脚，就是戴上了镣铐，我们中国有一半女子、一半男子，整个国家就像一个人，把一只脚裹成残疾，只剩一只脚还怎么走路？怎么劳动？国家咋能富强？"她的抗争最终取得了胜利。

面对家族婚约中男方的多次催婚，她"同意"结婚并"约法三章"：坐"亮轿"（不戴盖头、不打轿帘）不坐花轿，以示平等；穿便装不穿花衣，以示革新；亲自写"依扎布"（结婚证书），以示平等。结婚当天，郭隆真留着短发，穿一身学生装，对乡亲们讲道："我们中华大地目前是山河破裂，列强欺凌，大好河山正在被瓜分。国家要富强，必须大办教育，为振兴家乡教育事业，我决心再赴天津读书，不达目的，誓不罢休……"她把婚礼变成了宣传妇女解放、婚姻自主、救国图强的讲堂。一席话后，她转身离去，从此全身心投入革命事业。

1913 年，郭隆真到天津直隶第一女子师范学校读书。1919 年，五四运动的春雷在北京响起，整个中华大地为之震撼。郭隆真积极投身学生运动，她和邓颖超、刘清扬等人一起组织成立了"天津女界爱国同志会"，会员达 600 余人，并提出"爱国不分男女、救国不能后人"的口号，成为当时天津妇女运动和学生运动的主要领导人。是年 9 月 16 日，周恩来等领导的觉悟社在天津成立，郭隆真成为其中的重要骨干，她逐渐从一位爱国的热血青年转变成了无产阶级革命者、共产主义者。

1920 年，郭隆真和周恩来、张若名等 190 多人一起赴法勤工俭学。在法国期间，她认真学习西方文化和现代思想，并积极参与当地的女性运动和争取平等权利的活动。1923 年，经周恩来、尹宽介绍，郭隆真加入中国社会主义青年团，同年转入中国共产党。1924年秋，郭隆真与李富春、蔡畅一起到苏联莫斯科东方大学学习。1925年，郭隆真回到北京。

1930年6月，党组织安排郭隆真担任中共山东省委委员、青岛市委常委兼宣传部部长，主要任务是重建党组织、恢复党的工作和领导开展工人运动。在她的组织下，青岛成为当时全国工人运动最活跃的城市之一。她与陈少敏等一起重建了青岛党组织，创办了《红旗报》《海光报》等革命刊物，领导了青岛的纺织女工、烟厂工人等罢工斗争。青岛地区革命形势的恢复和发展，使得山东军阀大惊失色，在青岛掀起一片腥风血雨。同年11月，为组织工人群众参加抗日救亡运动，郭隆真到青岛市嘉禾路100号与一名女工谈话时，不幸被特务发现，遭到逮捕，不久便被当成重要分子送往济南，这是她一生中第六次被捕。在狱中，敌人对她施以种种酷刑，纵然皮开肉绽、鲜血淋漓，她也一言不发。无计可施的敌人对她说："只要你说出共产党的秘密，便可获得自由。"郭隆真坚定地回复了八个字："宁可牺牲，决不屈节！"1931年4月5日，她和邓恩铭等人一起被敌人杀害。

带着对党的无限忠诚，共产主义女战士郭隆真昂首挺胸，献出了年仅37岁的生命，她为中国妇女解放和觉醒战斗了一生、奋斗了一生。她向着信仰、追求光明，12年革命生涯中，先后6次被捕，但矢志不渝、愈挫愈坚，被周恩来誉为"最坚强的战士"。

3. 李慰农

从"农民博士"到"工运先驱"

"我只有头一颗，然而革命党是斩不尽，杀不绝的！"这是牺牲于青岛的第一位共产党人李慰农在国民党监狱中放下的"狠话"。

李慰农（1895—1925），原名李尔珍，出生于安徽巢湖的一户农家，从小立志以先进的科学知识拯救农业，给农民以慰藉，因此改名李慰农，"慰农"即"为农"。1919年，农校刚毕业的李慰农，听到在安徽招考赴法勤工俭学学生的消息后马上报名参加，并以全省第二名的优异成绩被录取。到了法国之后，李慰农在勤工俭学之余，组织了"勤工俭学励进会"，同时认真学习法语和俄语，阅读马列原著，逐步树立了共产主义世界观。他认为，农民是反帝反封建斗争的主力军之一，组织农民要从组织农会和教育农民入手。大家亲切地称他为"农民博士"。

1924年底，李慰农奉党中央指示回国并到山东工作。1925年4月19日，在中国共产党的组织发动之下，青岛日商纱厂工人举行大罢工，提出承认工会、增加工资、保护未成年工人和女工、对待工人一律平等等十六项复工条件。六天后，参加罢工的工人已近两万人。5月4日，青岛党组织负责人、罢工主要领导人邓恩铭不幸被捕，中共山东地委决定，派李慰农以中共青岛地委书记的身份立即到青，接替邓恩铭，领导青岛党组织的工作和罢工斗争。李慰农到青后，化名王伦，住在工人集中的四方地区，全面负责青岛的工作。为了迅速发展党的组织、壮大党的力量，他在四方建立了中共四方支部并担任支部书记，在四方机厂、水道局和四方三大纱厂等企业吸收纪子瑞、李德根、李敬铨等十余人入党。在他的领导下，共青团青岛地委进行了改选，基层团组织得到了补充和加强。同时，李慰农以设在四方的党的秘密活动点三育小学为中心，利用夜校的形式组织党、团员和工会积极分子进行学习。其间，他还为建立健全青岛各工厂的工会组织做了大量工作。到 5 月底，除胶济铁路总工会和四方三家日本纱厂工会外，又有数十家工厂成立了工会，会员有一万多名；在纱厂和卷烟厂，一些女工工会也建立起来。

1925 年 7 月 23 日，青岛日商纱厂工人爆发了第三次同盟罢工，李慰农亲自起草了罢工宣言。军阀张宗昌在收受日本资本家和亲日商会的贿赂后，匆忙赶到青岛，强行封闭了胶济铁路总工会和沪青惨案后援会，捣毁了四方机厂和各纱厂工会，逮捕工会会员和工运骨干。7 月 26 日，李慰农在小鲍岛召开秘密会议，商讨部署应变措施。当他返回四方住所时，发现警察、密探已布满周围。他置个人安危于不顾，毅然回到住所烧毁了党的秘密文件，当警察、密探冲进他的房间时，地上只剩一堆灰烬。李慰农被捕后遭到酷刑拷打，但他始终没有吐露半点党的机密，甚至连共产党员的身份也没暴露。7 月 29 日，李慰农被秘密杀害于青岛团岛，是年 30 岁。

青山处处埋忠骨。党始终没有忘记他，青岛人民也始终没有忘记他。为了纪念这位"工运先驱"，1989 年 6 月 2 日，在风景优美的青岛海滨公园，李慰农烈士塑像落成，此公园被命名为"李慰农公园"。他像一面旗帜，引领着一代又一代共产党人，为国家的富强、人民的幸福和中华民族的伟大复兴而奋斗。

4. 刘谦初

毛主席的亲家

"爱护母亲！孝敬母亲！听母亲的话！"这是在监狱中的刘谦初留给妻子的告别遗书，他把中国共产党比作亲爱的母亲，把自己看作是党忠实的儿子。

1897 年，刘谦初出生于山东平度的一个农民家庭，父亲给他取小名"光"，希望他长大后能有一番作为。他的一生，确实也在为寻找民族复兴之光而奋斗。

1927 年，30 岁的刘谦初加入了中国共产党。同年，遇到了他的革命伴侣——时任中共京山县委副书记的张文秋。两人怀揣着共同的革命理想，又被彼此的人格魅力所吸引，在武汉亲友的家中，举行了简单的婚礼。同年 4 月 4 日，毛泽东主持的武昌中央农民运动讲习所举行开学典礼，刘谦初和张文秋亲耳聆听了毛泽东作的《湖南农民运动考察报告》演讲后，感觉获益匪浅，两人于是到武昌都府堤 41 号毛泽东的住处拜访。毛泽东和妻子杨开慧热情招待了他们，尤其是 5 岁的毛岸英和 3 岁的毛岸青，学着妈妈的样子，举着小手抓红枣、拿花生送给客人，结果撒到地上，惹得大家哈哈大笑。毛泽东听说两人新婚不久，幽默地说："我有几个儿子，我祝你们早生几个姑娘，我们好结成儿女亲家呀！"

1929年初，山东党组织出现叛徒，组织遭到破坏，党中央派刘谦初到山东工作。他到山东后，化名黄伯镶，以齐鲁大学教员身份为掩护，开始了恢复和重建党组织的工作。6月初，青岛日商纱厂工人由于工厂主的残酷剥削和政治压迫举行罢工。刘谦初按照党的指示，于6月下旬赶到青岛，与中共青岛市委书记党维蓉一起深入工厂，调查罢工情况，并做出具体指示。刘谦初指出，要组织工人开展自发的怠工，工人既能得到锻炼还不会失去工作，工厂也会因此遭受损失，不敢再肆意欺凌工人。于是，青岛工人同盟大罢工从青岛火柴厂开始，进而在日商纱厂、英商烟厂以及四方机厂等工厂相继爆发，总人数达2万多，持续了4个多月。这就是刘谦初组织领导的中国近代史上著名的"民国十八年大罢工"。

1929年8月6日，刘谦初不幸被捕入狱。在国民党济南警备司令部里，刘谦初坚决不承认自己的真实身份。国民党山东省党部、济南市党部头目殷君采、吴保甫曾在武汉与刘谦初共事，他们出面指认了刘谦初的身份，并进行诱降，遭到刘谦初的严词拒绝。狱中，刘谦初组织成立了党支部并任支部书记，鼓舞大家做好长期狱中斗争的思想准备，同时告诫大家说："在狱中要坚持和维护党的纪律，坚决反对动摇自首。"刘谦初的妻子张文秋也在不久后被捕，两人被关押在同一个监狱。在狱中，刘谦初写诗鼓励妻子："无事不必苦忧愁，应把真理细探求。只有武器握在手，可把细水变洪流。"1930年1月，经党组织营救，张文秋出狱。此时，她已怀有7个月的身孕。临别前，她让丈夫给孩子取个名字。丈夫深情地望着她说："无论是男是女，就叫'思齐'吧。山东古来便是齐鲁之地，英雄辈出，礼仪最盛，让我们的孩子时时记住这块地方吧。"3月2日，女儿刘思齐在上海出生。1931年4月5日，刘谦初、邓恩铭等22名共产党员壮烈牺牲，刘谦初的生命永远停留在了34岁。

1938年7月，毛泽东在延安中央党校礼堂接见张文秋时说："刘谦初我是知道的，他是一个好同志，可惜牺牲得太早了。"并认刘谦初的女儿刘思齐为干女儿。1945年底，毛泽东的长子毛岸英从苏联归国，按照父亲的嘱咐去乡村劳动。后来，在毛泽东的介绍下，毛岸英和刘思齐在延安相识、相恋。毛泽东对张文秋说："思齐是我的干女儿，我很喜欢她。我赞成他们现在订婚，将来结婚。"1949年10月15日，在中南海丰泽园，毛岸英和刘思齐举行了结婚典礼。

刘谦初的人生是短暂的，也是丰富多彩的。他的一生，是一名共产主义战士寻求救国救民道路、追求马克思主义真理的一生，也是一名中国共产党员对党组织无限热爱、对无产阶级革命事业无比忠贞的一生。

5. 王尽美

"尽善尽美"的马克思主义者

"尽善尽美唯解放。"这是王尽美对自己名字的解释，他迫切希望中国大地与被压迫群众得到解放，希望能够"尽善尽美"地进行共产主义建设。

王尽美是中国共产党的创始人之一，是中国共产党第一次全国代表大会代表，更是中国共产党山东党组织的缔造者和最早的领导者。早在山东省立第一师范学校读书时，满腔热血的王尽美就亲眼见证了中国社会发生的剧烈动荡，他想通过教育救国救民。但军阀腐败无能，帝国主义和中外资本家日渐猖獗，他意识到，教育救国的方案在中国行不通。就在这时，五四运动爆发了，学生们不惧流血，面对压迫全力反抗，激发了王尽美作为齐鲁儿女的激情，他奋不顾身地投入新的事业之中。在崭新的学习和探索中，他结识了众多爱国人士，不断学习新思想，不断坚定马克思主义信仰，不断传播新思想和新文化。

1923 年，王尽美回到山东，参与山东党组织建设。之后他多次到青岛进行考察和指导工作，他与人通信时提及青岛共青团："此地情形已由振兄（王振翼）详报……连开谈话会三次，于最后（十八）一次将 S.Y. 组织成立。"最终，他在与青岛电话局进步职员和公立职业学校进步学生的谈话中，指导建立了青岛第一个青年团组织。王尽美还与邓恩铭并肩深入圣诞会，对圣诞会内部进行思想改造，仅用两个月便将圣诞会原先带有的封建迷信色彩剔除，转变成党组织领导下的青岛最早的工会组织。此时，因长时间不辞辛劳地忘我工作，王尽美已患有严重肺病。但这并没有让他的工作停滞，他置生死于不顾，始终忠于信念。

1925 年 1 月，王尽美再次来到青岛，为方便沟通和开展工作，他选择位于市中心天津路 59 号的"连升栈"作为住所和办公地点，广泛开展对国民会议和废除不平等条约的宣传。同时，在国共两党共同帮助下，他在李村路神洲大药房内设立了青岛国民会议促成会筹备处，并在《大青岛报》上发表《王尽美启事》："敝人此次来青……现与国民会议促成会筹备处商妥……请届时驾临为盼！"几日后，青岛国民会议促成会正式成立。

此后，为宣扬国民会议的重要意义和提高国民救国意识，王尽美先后在青岛中国大舞台电影馆和胶澳商埠公立职业学校做了两次影响深远的演讲。此时的他，肺病已经非常严重，咳血频繁，但他以一腔热血将爱国情怀表达得淋漓尽致。他慷慨激昂地阐述内忧外患的国家形势，愤怒揭露军阀的卖国行为和帝国主义的侵华事实，感染着在场的每一个中国人。鲁佛民的小儿子余修（原名鲁广益）后来回忆："他自己脸上也是充满激昂的表情……他对时局的分析精辟深透，他的革命立场鲜明而坚定。"

1925 年是青岛工人运动最风起云涌的一年。2 月，胶济铁路大罢工；4 月，青岛日商纱厂开始大罢工。王尽美十分重视青岛工人运动的发展，用顽强的毅力抵抗着肺病的折磨，与邓恩铭、李慰农共同领导了纱厂同盟大罢工。这场斗争持续了22 天，最终取得了胜利。

但令人痛心的是，长期的劳累和医疗条件的薄弱，使王尽美的病情持续恶化。1925 年 8 月 19 日，这位年轻的革命家在青岛医院永远地闭上了眼睛。年仅 27 岁的他，在临终前依旧心怀国家："全体同志要好好工作，为无产阶级和全人类的解放和共产主义的彻底实现而奋斗到底！"

"自由花鲜血浇出，凯旋门白骨堆成。"王尽美一生虽然短暂，但他以一生守护信念，仿若那共产主义红星，指引中国人民打破黑暗，踏入光明。正如他自己所说："堂堂中华，炎黄裔胄，主权最神圣。"

6. 周浩然

投笔从戎的楷模

"男儿抱有冲天志，万里扶摇奋翅飞。"这是周浩然诗中体现的凌云壮志。他生于忧患岁月，以时代责任为使命，以青春热血致力于社会民众的觉醒。

周浩然，原名周世超，1915 年出生于即墨县东瓦戈庄村，10 岁时到青岛读书。他目睹了日本资本家勾结军阀张宗昌屠杀青岛纱厂罢工工人的惨案，也经历了大革命时期青岛群众的游行示威，所有这些，在他的心灵上打下了深深的烙印。

1932 年，周浩然初中毕业后，去北平大同中学求学。1933 年，日军占领榆关，北平形势危急，周浩然由上海辗转返回青岛。当时，白色恐怖笼罩着青岛上空，许多共产党人遭到逮捕、杀害，革命活动暂时处于低谷。面对支离破碎的国土，周浩然心情十分沉重，他在日记中表达自己的愤慨："我极端地不平这样的政府……我要为民众的生活、民族的生存，为了他们的前途，向那恶魔，向那暴君，去宣战，去勇猛地搏斗！"

周浩然思想上的进步和文学上的突出才华，引起了青岛地下党组织的注意。这年夏天的一个清晨，周浩然突然收到一条消息："晚上10点，有重要的事情和你商量！"当天晚上，《青岛民报》副主编于敏道领着两位陌生人悄悄地来到了周浩然的住处。经于敏道介绍才知道，原来这两位陌生来客是中共青岛市委宣传委员、剧联党团书记俞启威和市委青年委员、左联党团书记乔天华。他们向周浩然介绍了对敌斗争和文学工作的情况，并邀请周浩然加入"左联"。周浩然非常高兴，立即激动地表示："这次谈话是我们迈向人生的第一步，虽然路还很遥远，但不管多远，我们一定要坚定不移地走下去！"他们离开后，周浩然那颗年轻的心灵中悄悄地埋下了用文学宣传救国救民的种子。他在日记中写道："自此以后，我决心要沿着这条正确的路往前走，我觉悟到要作用于社会，要挽救这人类，必须要深深走进大众队伍，深深地进入社会的底层……"

不久后的一个傍晚，周浩然与"左联"成员秘密聚集在进步文艺青年彭也夫家中的小亭子里，围绕"当前的时局，祖国的前途，青年的责任"展开讨论。期间，周浩然果断提出自己的见解："中国的光明，需要自己努力去争取，勇敢地去追求。

团结一心，前赴后继，沿着理想的大道，勇敢地奋进！"正是在这次讨论中，诞生了"汽笛"文艺社，由乔天华任青年委员、俞启威任宣传委员，成员包括周浩然、彭也夫、于敏道、姜宏等。周浩然负责起草文艺社的简章，并亲自设计出以厂房和烟囱为背景的《汽笛》刊头，寓意依靠工人阶级，吹响革命号角，揭露黑暗，唤醒民众。

1933 年 6 月，《汽笛》问世，它摇旗呐喊，为民众带来了熊熊烈火般的希望。在乔天华指导下，周浩然以极大热情投入紧张的编辑工作中，他还亲自撰稿，先后以党民、明、心影等笔名发表了《当》《两种不同的人物》《为了这个》《生活》等十几篇杂文。他在《两种不同的人物》中写道："他们是残喘在某种势力之下，要维持他们的生活出卖劳力，在另一副面孔宰制之下，他们得了疾病无钱可医，削减他们的生命，这是谁的罪恶。"这些文章为劳苦大众发声呼喊，像一把匕首刺向敌人的心脏，鼓舞了工人阶级的斗争信心，在迷雾重重的青岛竖起一面正义的旗帜。

除了公开发行《汽笛》以外，他们还秘密编辑油印的小册子、传单，分头带到工厂里，偷偷地发给工人们，宣传共产党的政策，反对帝国主义对中国的侵略，反对国民党的统治。这些行为激怒了国民党反动当局，他们逮捕了文艺社的部分成员，查封了"汽笛"文艺社，周浩然也被迫离开青岛。1939 年 9 月，周浩然在即墨参加革命活动时被叛军姚士吾部秘密杀害，时年24 岁。

"落泪当落英雄泪，遨游当乘蛟龙飞，万世流芳方为人，莫同草木化尘灰。"周浩然用短暂的青春年华，书写了中华民族复兴史上恢宏壮丽的篇章，他的思想启蒙活动虽如流星划过星空，却在中华民族觉醒的路途中留下了灿烂的光辉。

四

非遗撷英

青岛历史久远，传说众多，像夙沙氏煮海为盐、徐福东渡、天后娘娘、秃尾巴老李、胡峄阳驱邪镇妖等，在民间广泛流传。田横祭海节、海云庵糖球会等作为青岛地区重要的民俗活动延续至今。青岛刻石年代早、影响大、分布广，如琅琊台刻石、天柱山摩崖石刻、北魏石造像、崂山刻石等。青岛地方戏曲音乐主要有柳腔、茂腔、莱西鼓吹、崂山道乐、胶东大鼓、胶州秧歌等，柳腔更是有"胶东之花"的美誉。青岛传统技艺主要有鲁绣、宗家庄木版年画、胶州花纸、泊里红席、青岛泥塑、棒槌花边等，均堪称瑰宝。

（一）民俗风情

1. 夙沙氏煮海为盐

胶州湾"盐宗"的传说

盐，是我们餐桌上的必备之物。当我们享受着食盐调和出的美味时，可曾想过：盐从哪里来？盐有哪些种类？海盐的背后又有怎样的传说故事？远古时期的人类是怎样凭借智慧将海水变成晶莹的盐粒的？

传说黄帝时期，在山东半岛南岸的胶州湾北部一带，住着一个原始部落，部落首领名叫夙沙氏。有一天夙沙氏在海边煮鱼，他和往常一样，提着陶罐从海里打回来半罐水，刚放在火上煮，突然一头野猪从他眼前飞奔而过，他拔腿就追。等他扛着打死的野猪回来时，罐里的水已经熬干，罐底留下了一层白白的细末。他用手指蘸了一点，放到嘴里品尝，味道又咸又鲜；用烤熟的野猪肉蘸着吃，味道很是鲜美。那白白的细末，便是从海水中熬出来的盐。人类从此开始了海盐的生产，夙沙氏被称为"盐宗"。

这虽然是一个传说，但在史籍中也有相关记载。例如，春秋时的典籍《世本·作篇》中有"夙沙氏煮海为盐"的记载；东汉《说文解字》也有"古者宿沙初作煮海盐"的记载；明代

143

的《山堂肆考》羽集卷二"煮海"条下曰："宿沙氏始以海水煮乳煎成盐，其色有青、红、白、黑、紫五样。"认为盐有五色，寄托了人民对"百味之祖""食肴之将"的食盐的美好想象和重视。

夙沙氏是古代的盐神，后世的人们为了纪念他，为其修建了祭祀的庙宇——盐宗庙。盐宗庙中，供奉在主位的是夙沙氏，商周之际贩运食盐的胶鬲、春秋时在齐国实行食盐官营的管仲处于陪祭地位。"夙沙氏煮海为盐"不仅是中国海盐业之源起，亦是世界海盐业的开端。盐的种类除海盐外，还有井盐、池盐等，但我国的盐产量始终以海盐为大宗，目前，中国的海盐产量仍然居世界第一位。

在胶州湾北部青岛城阳区红岛的盐场中，曾流行过这样的歌谣："盐场猴，盐场猴，大黄饼子瓜荠头。"在盐场干活的人，身上都会结一些白花花的盐渣，所以被喊作"猴"，当时他们的主食都是大黄饼子，瓜荠头则是被腌成咸菜的萝卜头。这也是当时盐民生活的真实写照。如今，在青岛东风盐场，随着捞盐机的轰隆声，白花花的盐粒在空中飞舞，不一会便堆成一座小山，然后被装袋运输，一套流程一气呵成。

2011年，"盐宗夙沙氏煮海成盐传说"入选青岛市第三批市级非物质文化遗产代表性项目名录；2013年又入选山东省第三批省级非物质文化遗产代表性项目名录。2018年，"胶州湾海盐制作技艺"入选青岛市第五批市级非物质文化遗产代表性项目名录。

为展示青岛盐业的过往，突出青盐特色文化，再现青岛盐区的千年历史和时代风貌，青岛高新区新建了一座博物馆——青岛海盐博物馆。该馆位于青岛胶州湾北部大沽河东岸的红岛绿洲湿地公园内，这里的一万三千亩盐田，原为青岛东风盐场滩涂，现仍保留了部分盐池晒盐。2023 年 7 月，该馆正式开馆，成为一个全面展示青岛以及山东地区海盐文化的地标。

2. 胡峄阳驱邪镇妖

儒仙精神山高水长

1654 年，16 岁的即墨人胡峄阳参加童子科考试，他先是通过了即墨县初试，接着赴莱州府参加复试，但入场时遭到监场官吏野蛮的逼迫。官吏命令他开襟解衣接受检查，他不堪其辱，当即说道："执事为国求贤，为何以盗贼待士？"说完便拂衣而出。他虽有满腹经纶，但从此不再参与科举考试，布衣终身。

胡峄阳从莱州府罢考返乡之后，避居山林，到崂山千年古刹慧炬院潜心研修理学和易学。父母相继亡故后，他先后在流亭、洼里和即墨南关设馆授徒，养家糊口。50 多岁时，他经常应邀到即墨黄氏书院玉蕊楼研讨理学和易学，与崂山百福庵蒋清山道长、胶东名士孙笃先等数十人交往甚密，时人称他们为"崂山七十二君子"。70 多岁时，他预感到自己将不久于人世，果然于 1718 年无疾而逝，人称"峄阳先生"。他留下了《竹庐家聒》《柳溪碎语》《易经征实》《易象授蒙》等十余部著作，是一位智慧超群、情致旷远的儒者。

胡峄阳精通易经，能运用它对人间万象及未来世事做出正确合理的推断。其推测的天道人事多有灵验，因而在民间产生了较大影响，在当地有"活神仙"之称。即墨及周边地区多有慕名前往，请其指点迷津的百姓。晚年的胡峄阳常常只身一人或与道家同好，携藜杖云游崂山，寻幽探秘，修行悟道，留下了许多神异的传说故事，在当地百姓中口耳相传。这些传说不仅盛行于民间，清代《灵山卫志》和《即墨县志》等地方志书也多有记载。2014年，胡峄阳传说被列入国家级非物质文化遗产代表性项目名录。

胡峄阳对法术颇有研究。他与蒋清山道士交好，来往频密，经常在一起谈论神仙妖怪之类。一次，蒋道士说他有个本族孙子，颇具仙骨，要带给胡先生看一看。这一天，蒋道士把名叫蒋广先的五岁族孙带来了，胡峄阳慧眼识真，看了一会儿，说："这孩子是有些仙骨，但没有仙风，不成大器，将来必定被狐狸所害，我是看不到了，叫我的儿子救他吧！"他传给儿子胡光乙一些法术，嘱咐他将来切不可忘了驱邪镇妖之事。

蒋广先17岁那年，参加了一次老师组织的春游，偶遇了一位年轻漂亮的姑娘，与她好一番嬉笑亲昵，但在场的其他人却都看不见这位女子。晚间，这女子跟着蒋广先回到家中，与他同住，时间一长，蒋广先逐渐消瘦，命在旦夕。蒋道士见族孙面黄肌瘦，将离人世，便去找胡光乙，说："老先生说的蒋广先被狐狸所害，看来是真的。"胡光乙遂按照先父的嘱咐，画了两道符，戴上七星桃木剑，和蒋道士一起来到蒋广先家，将剑插在屋门槛前，把一道符贴在室内，一道符放在水中，不断用水喷蒋广先的面部，使他逐渐恢复了元气。

胡峄阳晚年时，乡民们希望他能为子孙后代留下指引。胡峄阳随即提笔写下：大歉不歉，大乱不乱，千难万难，不离崂山。意在告诉后人，无论发生什么情况，都不要轻易离开家乡这块风水宝地，他也因此被称为当地的"保护神"。从此以后，"千难万难，不离崂山"的说法就在当地流传开来。这句话已成为一句俗语，承载着人们对家乡深深的眷恋和坚定的信念。

如今，青岛城阳的流亭街道，设有胡峄阳文化园、胡峄阳路和胡峄阳祠堂。每到六月初六胡峄阳诞辰纪念日，人们都会在胡峄阳文化园举办大型祭祀活动。胡峄阳祠堂是他仙逝后，族众于1744年捐资兴建，供奉胡峄阳木主。大殿之上，高悬胡峄阳好友、百福庵道长蒋清山所题写的楹联：歉而不歉，乱而不乱，居之唯崂山最稳；儒也为儒，仙也为仙，精神与墨水同长。这副对联深得胡峄阳旨趣，是他一生的光辉写照，既展现出他天赋异禀、亦儒亦仙的人格魅力，也体现出他历久弥新、山高水长的赤子情怀。

3. 秃尾巴老李

黑龙神护乡显灵

相传，在很久以前，青岛一个小山村里住了一户李姓人家。夫妻两人婚后感情很好，又都踏实肯干，日子过得还不错。但两人却有一个很大的心病，就是年近四十却一直未有孩子。两口子心焦不已，为了求子四处烧香拜佛。

也许是夫妻俩的诚心感动了上苍，这一年，妻子终于怀孕，并在第二年的六月顺利分娩。但谁承想，生下来的竟然是一条长约二尺的小黑龙。小黑龙刚一落地，便盘绕在房梁之上，其父见了以后大怒，认为妻子生下的是一个妖怪，实乃不祥之兆，便操起镰刀砍了下去，小黑龙的尾巴被砍断，这也是小黑龙后来被叫作秃尾巴老李的原因。小黑龙疼痛难忍，惊怒之下立刻飞走。而李母经此一难，受到很大的惊吓，加之日夜思念孩子，没多久便去世了。

十几年后的一天晚上，村子里的不少老人都做了同一个梦。梦中，一个皮肤黝黑的小伙子跟他们说："我今日为母迁坟，托乡亲们照看。"第二天，人们发现李妻的坟不见了，而山头西边则立起了一座新坟，此后人们便称此坟为"龙母坟"。

后来，黑龙听说东北白龙江里住着一条白龙。这条白龙经常出来兴风作浪，危害百姓，黑龙便决心为百姓除恶。它托梦给当地百姓，告诉他们自己要除掉这条作恶的白龙，请百姓来帮忙。他跟百姓们说，如果发现江上有白浪，便只管往江里撒石灰；如果江上为黑浪，则往江里扔馍馍，让他吃饱了更有力气跟恶龙打斗。这天，百姓们忽然发现江上大浪滔天，一会儿黑浪升起，一会儿白浪翻滚。于是，百姓们纷纷来到江边，按照黑龙梦中所言帮助它。三天三夜后，黑龙终于打败了白龙，并日夜巡视大江，保护百姓。百姓们感念于黑龙惩恶扬善的恩情，便将江名改为"黑龙江"。

黑龙虽已离开家乡，但仍不忘母亲的生育之恩，每年都会驾云回乡祭母，且每次回来都行云布雨，让当地风调雨顺。为

位于青岛市即墨区的小龙山龙王庙

彻底解决家乡的干旱，秃尾巴老李又在山上奋力一抓，抓出了一口永不枯竭的深井。黑龙家乡的这座山，便被后世称之为小龙山，又称天井山。宋代，人们在小龙山修建了龙王庙，供奉秃尾巴老李。每年阴历六月十三，是秃尾巴老李诞辰。因这个季节常常下雨，历代统治者便会利用这一现象，进行官方主持、民间参与的大规模祭龙祈雨活动。从明朝起，每逢秃尾巴老李诞辰，当地都会举行盛大的庙会，时至今日而不衰。二十世纪九十年代初，在小龙山上发现了六十余面用来求雨的"龙牌"，其中最早的可追溯到明嘉靖年间，有非常珍贵的文物价值。

随着时间的推移，有关秃尾巴老李的传说也逐渐丰富，甚至衍生出了不同故事版本。但不论是哪一个版本，人们都在秃尾巴老李身上寄予了宣扬天伦孝道和除暴安良的侠义精神的美好愿望，将之视为传统美德的象征。

（二）艺文荟萃

1. 北魏石造像

道尽沧桑漫漫回家路

在青岛市博物馆内，陈列着两尊被称为"双丈八佛"的石造像，他们面目瘦削，深目高鼻，面带微笑，右手上扬，左手下垂并掌心向外，左手和右手分别施无畏印和与愿印，表示庇护与普度众生。"双丈八佛"用慈祥的目光俯视着过往的游客，接受着他们的膜拜与瞻仰。而谁又能想到，这历经千年的佛像，曾见证过变幻万千的时局，也曾经历过一段辛酸的归家之旅呢？

"双丈八佛"石造像建造于北魏时期，采取"两佛并立"的形式，反映出北魏的政治时局，即冯太后与孝文帝"二圣"当权，也体现出中西佛教的交流盛况。此外，青岛市博物馆内还陈列着两尊菩萨小石像，以及题为"双丈八碑苏公之颂"的大型碑首。包括石造像与石碑在内的这批文物，原本安放在山东临淄的龙泉寺内。从临淄龙泉寺到青岛市博物馆，从百年前的风雨飘摇到现在的国泰民安，佛教石造像不仅是历史的见证者，也是历史的参与者。

1928 年，日本侵略者意图运走包括"双丈八佛"石造像和"双丈八碑苏公之颂"碑在内的一批珍贵文物。在此之前，日本人曾两次想要盗取这批文物，甚至有人想以三万元的价格卖给日本人，但都被当地爱国之士阻止，未能得逞。当日本侵略者占领济南与胶济铁路后，又打起了这批文物的主意，并打算运往日本。此时济南"五三惨案"刚过去不久，各地抗日浪潮此起彼伏。迫于形势，日本人并未尽数盗走这批文物，而是将觊觎已久的石像与石碑弃置在了淄博火车站。它们经受着战争的摧残与岁月的侵蚀。直至两年后，即 1930 年，时任青岛市铁路局局长、青岛四方机厂厂长的栾宝德，不忍珍贵文物经受风雨侵蚀，流落在外。为保护这批文物，他毅然做出决定，亲自调拨专列将这些石像与石碑运到青岛，安置在当时的四方公园内。随后，四方机厂扩建，四方公园也被纳入到四方机厂的范围。1977 年，山东省人民政府将这批佛教石造像列为省级重点文物保护单位；1979 年 7 月，这批文物被从四方机厂运至青岛市博物馆。1998 年 7 月，这批石佛和石碑又迁移至青岛市博物馆新址。至此，佛教石造像也结束了颠沛流离，在青岛市博物馆安家落户。

游客来往匆匆，常有停步注目者，在仰视与俯视间，与石造像进行着一场跨越时空的对话。时光荏苒，白驹过隙，北魏"双丈八佛"经历了千年的世事纷扰和兴衰更替，也见证了国难当头和仁人志士前赴后继的英勇无畏。

2. 天柱山摩崖石刻

中国书法史上的妙品

在青岛平度的大泽山里，有一处闻名遐迩的书法妙品，就是天柱山魏碑。这是我国稀有的书法刻石艺术瑰宝，又被称为天柱山摩崖石刻。

天柱山摩崖石刻较多，有东汉刻石 1 处，北魏郑道昭刻石 4 处，东魏石窟造像题记 1 处，北齐郑述祖刻石 2 处。以郑道昭、郑述祖父子为代表的北朝刻石，连同莱州市云峰山、大基山和青州市玲珑山，共计 40 余处刻石，构成了北碑文人书法的重要体系，在书法史上具有重要地位。而人们通常所说的"天柱山魏碑"是指郑道昭镌刻的《郑文公碑》。

郑道昭（？—516），字僖伯，自称"中岳先生"，是北魏时的诗人，也是传世的书法大家，"魏碑体"鼻祖，被称为"书法北圣"，在当时与另一位"书圣"王羲之齐名，有"南王北郑"之誉。

郑道昭是河南荥阳人，出身士族，曾祖曾在朝中为官，祖父为北魏名士郑晔，父亲是北魏大臣郑羲。郑道昭少而好学、博览群言、博学经书，他生性闲适散逸、喜游山水。他从青年时代就开始做官，在光州、青州任上时，政务宽厚，不任威刑，为吏民所爱。郑道昭曾历任中书侍郎、给事黄门侍郎、国子监祭酒、通直散骑常侍、秘书监司州大中正等职。晚年失宠，才到光州做官。光州即是今天的胶东一带。北朝时，平度、莱州均属光州管辖，在当时是比较偏远的地方。

受时代风气的影响，郑道昭喜好访道寻仙，乐游名山秀水，他于北魏永平四年（511），来到天柱山，镌刻了《郑文公碑》。同年，他又在莱州云峰山阴镌刻了内容相同的另一块《郑文公碑》，字体略大，字数稍多。为区别二碑，天柱山上的这一座被称为"上碑"，后刊者被称为"下碑"。

《郑文公碑》，上碑全称《魏故中书令秘书监郑文公之碑》，下碑全称《魏故中书令秘书监使持督兖州诸军事安东将军兖州刺史南阳文公郑君之碑》，简称"郑文公碑"或"郑羲碑"，也就是记录他的父亲郑羲生平事迹的碑。郑羲为政的名声不佳，作为儿子的郑道昭，想找一种方式为自己的父亲博取一些好名声，于是就在天柱山上找了一块大石，刻了这一方碑。

《郑文公碑》上碑，无碑额，碑体略微前倾，高3.5米，宽1.5米，文20行，每行50字左右，计881字，通篇碑文格调高雅，文采华丽，书法宽博，笔力雄健。与之内容相同的下碑，字较大，共51行，每行23—29字。

《郑文公碑》多年埋没在山中。北宋时李清照的夫君赵明诚，曾作过莱州太守。赵明诚是著名金石学家，他将郑道昭的刻石记入自己的著作《金石录》中。到了清代，碑学盛行，《郑文公碑》上碑因而得到尊崇。在青岛度过晚年的康有为曾说："刻石如阿房宫，楼阁锦密……体高气逸，密致而通理，如仙人啸树，海客泛槎，令人想象无尽。若能以作大字，其秾姿逸韵，如当食防风粥，口香三日也。"并赞其有"十美"，即"魄力雄强""气象浑穆""笔法跳跃""点画峻厚""意态奇逸""精

153

天柱山郑文公上碑拓片

神飞动""兴趣酣足""骨法洞达""结构天成""血肉丰满"。
著名书法家祝嘉认为，郑道昭成就决不在王羲之之下，应奉为
北方书圣，与王羲之并尊。著名艺术大师刘海粟在89岁高龄时，
专程登上此山，并题写了"瑰玮博达，绝壁生辉"八个大字。

　　魏碑是中国书法由隶到楷的重要见证，而《郑文公碑》是
郑道昭的代表作，他将魏碑书法的魅力发挥到了极致，被后人

推崇为"魏碑之宗"，在书法历史上的地位尤显重要，有"隶楷之极"的美誉。

3. 海云庵糖球会

五彩斑斓的年味大戏

"夏有啤酒节，冬有糖球会。"海云庵糖球会作为青岛市重要的民俗庙会，迄今已有五百余年的历史。一直以来，糖球会都深受岛城人民喜爱，在不少青岛人的心目中，正月逛糖球会已经成为约定俗成的活动。

糖球会在每年的正月十六举办，持续至正月二十一结束，最初源自海云庵庙会。

海云庵位于海云街 1 号，始建于明代。它的修建原因有多种说法，且都颇有传奇色彩。其中一种说法是，相传有一家渔民，在海上遭遇大风大浪，危急之时，海中漂来一根巨木，全家靠这根木头才顺利上岸，幸免于难。当地百姓认为这是神明显灵，遂建起了海云庵，并用这根木头做了海云庵的大梁。还有一种说法是，正月十五的晚上，南海观音给当地百姓托梦，希望他们在海边建一个观音大士的道场；百姓们在梦中还看到海上漂来一块大木头，观音立于其上，海上仙乐缭绕，异常壮观。天亮之后，大家感到非常奇怪，不约而同地前往海边查看，发现海水中真的漂浮着一根巨木，百姓们合力将巨木打捞上来，并在圆木落滩之处修建了海云庵。海云庵中主要供奉观音大士，故也被叫作"大士庵"，当地百姓还称此庙为"老母庙"。据说，海云庵建成后，观音屡屡显灵，出海的渔民和商人都受到庇护，因此香火十分旺盛。海云庵周边商贾云集，逐渐发展成为庙会。

每逢庙会，当地百姓便纷纷来到海云庵进香许愿，祈求家中五谷丰登，渔民出海平安顺遂；各地艺人也赶来献艺，商贩也蜂拥而至，整个场面热闹非凡。因海云庵附近盛产山楂，商贩们便用它做成糖球在庙会上叫卖。久而久之，海云庵庙会便被称作"海云庵糖球会"。

海云庵糖球会，体现了浓厚的民俗气息和鲜明的地方色彩。庙会上，不但有令人爱不释手的剪纸、糖画、面人等小玩意儿，还有耍杂技、扭秧歌、跑旱船、耍猴、踩高跷、茂腔表演等传统活动，甚至还会进行元宵制作赛、萝卜雕刻赛、狮王争霸、灯谜竞猜等花样繁多的比赛，真称得上是民间艺术的天堂，历史文化氛围十分浓厚。

海云庵

1991 年，海云庵糖球会荣获国家百项民俗重点旅游项目，2005 年被评为"中国十大民俗节会"，2006 年被列入山东省首批非物质文化遗产代表性项目名录。时代在变化，糖球会也在与时俱进，不断展现出新的面貌。2019 年的海云庵糖球会，新增了国际垂直马拉松比赛、空中无人机表演、拍客大赛、"手绘青岛"创意展等现代化色彩十足的项目，昭示着古老庙会的新变。

海云庵糖球会这个有着悠长历史的传统民俗活动，糅合了历史与现代、演变与传承，仍将继续为百姓呈上五彩斑斓的年味大戏。

4. 茂腔

从肘鼓子到"七忙八不闲"

1959 年 8 月，青岛茂腔剧团携带《花灯记》和《罗衫记》晋京演出。这次演出，是为了庆祝中华人民共和国成立十周年，全国共有二十多个剧组的四十多个剧目参加。两部剧分别在中南海小礼堂、国务院礼堂等地演出，受到党和国家领导人以及首都艺术名流的好评。8 月 10 日，《人民日报》以《胶东之花》为题发表评论文章，赞美茂腔，使得这种胶东地方戏名声大振。

茂腔是一种小戏，流行于胶东地区，尤其在青岛的胶州、胶南（现属西海岸新区）以及潍坊的高密、诸城等地深受百姓喜爱。俗语说："茂腔一唱，饼子贴在锅台上，锄头锄到庄稼上，花针扎在指头上。"可见这种地方小戏的魅力。

茂腔的形成已有二三百年历史，虽然它的起源有多种不同的说法，但总体上大家都认可的是，茂腔经历了"肘鼓子——本肘鼓——冒肘鼓——茂腔"这样一个发展过程。

　　肘鼓子是一种古老的曲艺演唱形式，因演员在演唱时用肘部击打太平鼓而得名。大约在清道光年间，肘鼓子与胶东地区的老拐调结合，形成了本肘鼓，改变了原来简单的说唱形式，成为一种戏曲。原先，肘鼓子演唱时没有带旋律的伴奏，只以单皮鼓、锣、钹等乐器击打节奏。本肘鼓的演唱与伴奏都较原来复杂得多，两三个人已经无法完成，于是便出现了小型戏班。这些小戏班大多是由七八人甚至十来人组成，每个人还往往身兼数职，乐手会上台唱，而唱完了的演员也会加入乐队里。这样一来，演出的过程中，小戏班中的每个人都很繁忙，因此人们戏称其"七忙八不闲"。

　　清同治年间，流传在胶东一带的本肘鼓又进行了一场重大变革，发展到了冒肘鼓阶段。

　　一般来说，冒肘鼓中的"冒"，指的是一种演唱技巧，即演唱到尾句时，会将尾音甩上一个八度，拔一个特别高的高音，同时，也往往有拖腔，来加强情绪的渲染。这种唱法被称为"打冒"。冒肘鼓的变化当然不止这一个打冒的尾音，而是一系列的，像伴奏中融合了柳琴戏演奏的乐器，女演员开始出现在舞台上，等等。随着演出的增加，冒肘鼓艺人也向其他剧种学习，戏曲的旋律线条更加开阔，音域更加宽广，唱腔与行当更加丰富，人物更加性格化，戏曲音乐的板式变化增多，乐队编制越来越大，京胡、京二胡、月琴、唢呐、笛子等乐器都加入进来。

二十世纪初，青岛成长为胶东地区的新兴都市，周边的冒肘鼓戏班也开始在市区演出。也就是在这一时期，茂腔艺人们整理出了现在茂腔的看家戏"四大京"《东京》《西京》《南京》《北京》和"八大记"《罗衫记》《玉杯记》《绣鞋记》《火龙记》《金簪记》《钥匙记》《风筝记》《丝兰记》。此时的冒肘鼓已经初具戏曲的各种要素，成为胶东地区有重要影响的剧种，人们对其的喜爱之情已经不亚于京剧和梆子。

冒肘鼓虽然广受欢迎，但在以前，艺人的社会地位低下，难登大雅之堂。艺人们常在青岛的大鲍岛、西大森、第三公园等地露天演出。虽然条件恶劣，但因百姓喜爱，渐渐出现了一些颇有名气的戏班，像共和班、丁家班、顺和班、同乐会、宿家班、李家班等。

青岛解放后，人民政府将流散在各地的民间艺人重新组织起来，并正式将其定名为"茂腔"，意在取其"冒"的谐音"茂"字。1950 年 2 月，以原来宿家班为基本班底的青岛金光茂腔剧团正式成立；同年 8 月，青岛市光明茂腔剧团也宣告成立。两大剧团如鱼得水，接连排出高质量的剧目。金光剧团的经典作品《兰桥会》，在青岛光陆戏院首演，一炮而红，连演九场。1954 年，在上海举行的华东戏曲会演上，金光剧团排演的《锦香

茂腔表演

亭》获得了满堂彩，宿艳琴和曾金凤也凭此分别荣获会演的二等奖和三等奖。

茂腔剧团除了排演传统剧目，还配合政治形势，排演现代戏，像光明剧团就排过《洪湖赤卫队》《徐呈龙》《八女投江》等三十多个新戏，以传统的形式讴歌崭新的时代。

茂腔群众基础深厚，代表着胶东人民传统的乡村生活。2006年，青岛茂腔入选国家首批非物质文化遗产代表性项目名录，这种因尾句高音擅长抒发浓烈情感而"冒"出来的小戏，在一代代艺人的努力下，终于越来越丰"茂"。

5. 柳腔

拉魂一曲醉人心

柳腔与茂腔都是青岛的地方戏，两个剧种不仅都起源于"肘鼓子"，连经典剧目也同样是"四大京""八大记"。但柳腔与茂腔又有各自不同的特点，是两朵并蒂之花，在花苞时期难分彼此，待盛放之后，就必须得"花开两朵，各表一枝"了。

关于柳腔的起源，有这样一种说法，大约在清嘉庆年间，地处小沽河西北岸的仁兆镇沙窝村（今属青岛平度市）有一王姓艺人，人称王师傅。这位王师傅很有艺术天分，他在演唱的过程中将流传于当地的民间曲调"姑娘计""绒花调"与"本肘鼓"结合，配上一些民间故事，自创韵词，走乡串户卖艺为生。他自创的这些小曲，曲调婉转，唱词通达，经常"活学活用"百姓俚语、乡间故事，很接地气，深受群众喜爱。王师傅晚年收了不少徒弟，全靠口传心授，徒弟们在演唱时往往就跟着伴奏"溜"，人们于是将他们的演唱戏称为"溜腔"。后来又取"溜"之谐音，将这种小戏取名为"柳腔"，"柳"字一现，婀娜多姿的音乐形象便跃然而出了。

起初，柳腔的演出形式很简单。大约在1910年前后，莱阳县管村的业余爱好者郭凤鸣，采用给莱阳、平度一带的民歌俚曲伴奏的四弦胡琴（四胡）寻声伴奏，加上月琴配合，使之听起来分外悠扬婉转。于是，使用四胡作为伴奏乐器的做法便被普遍推广。同时，在柳腔的伴奏中，唢呐的用途也十分特别：演出过程中，遇有演员换装休息或表现下一个不同场景时，唢呐就会吹奏出一个名为"朵子"的嘹亮腔调，往往有"一声入魂"的特殊效果。

柳腔在即墨、平度、莱西等地流传甚广，群众特别喜爱，学唱者增多，各地也产生了一些颇有影响的柳腔戏班和深受群众喜爱的名角儿，像平度的刘德昌（刘嫚）、刘洪石（刘小）就很有代表性，在当地曾流传着"刘嫚、刘小一出台，大嫂子抱起枕头当小孩，一气跑到戏台下，枕头变成大倭瓜"的顺口溜，从中可以看出广大群众尤其是农村妇女对柳腔的迷恋程度。1930年，平度灰埠村全体村民凑钱，用苇席扎了"七出头"的大戏台，请了二十多人的大戏班，连唱四天刘嫚和刘小的戏，四乡群众争往观看。1935年，平度成立了第一个官方支持的柳腔戏班"四喜班"，邀请当时柳腔四大名家和其他艺人加盟，四大名家分别是刘作廉（刘森）、刘洪石（刘小）、刘邦君（刘伶）和刘德昌（刘嫚）。戏班历时五年，演遍胶东各地。

辛亥革命以后，柳腔艺人也开始在青岛东镇平民市场、四方、沧口等地搭班演唱。在此期间，柳腔也继续受到京剧、梆子、评剧等剧种影响。评剧名伶新凤霞就曾在回忆录里提到，二十世纪四十年代，她在青岛"西大森"演出时曾主动学习柳腔。

解放初期，青岛文联将自发形成的三个茂腔和柳腔班子进行整顿，组建了金星柳腔剧团、光明茂腔剧团和金光茂腔剧团。其中，金星柳腔剧团的主要演员有张秀云、张喜云、宋洵光、管振民、谭前先、赵敬文、赵敬明、李玉莲、国常诚等。剧团成立后，排演水平逐渐提升，舞台面貌也为之一新，进而从街头走进了剧场，曾先后排演过《九件衣》《钗头凤》《白蛇传》等传统戏。剧团创排的《害人一贯道》《杨立贝》《社长的女儿》等现代戏贴近百姓生活，深受群众喜爱。活跃在即墨、平度一带的著名柳腔艺人刘作廉、刘永华和毛秀美，也于1951年加入柳腔业余宣传队。三年后，他们成立了"即墨县民艺柳腔剧

柳腔《姊妹易嫁之后》剧照

团"，一起推动柳腔艺术发展。1959 年 11 月，金星柳腔剧团晋京演出，周恩来总理等中央领导观看了他们演出的《赵芙蓉观灯》。到 1963 年时，剧团已有演职人员九十人。

"杯接田单饮老酒，醉人乡音听柳腔。"1985 年，著名诗人贺敬之曾在《访即墨》一诗中写下这样的句子。2018 年，柳腔被正式列入第五批国家级非物质文化遗产代表性项目名录。传承两百多年后，柳腔余韵不绝，醉心乡音再度唱响齐鲁大地。

6. 胶东大鼓
擂动生命的鼓点

胶东大鼓的前身是"盲人调"，始于明末清初，起初只是农家小曲，后来吸收了胶东当地的渔家号子、山歌等民间音乐元素，逐渐成为一种音调高亢、起伏婉转而具有叙事性的曲调。再后来又吸收了东北地区"靠山调""满洲转""子弟书"中的词本，在演唱形式上也受到西河大鼓、京剧等影响，逐渐显现出特有的风格。这一曲种长期没有统一的名称，民间称其为"大鼓""鼓书"，直到 1949 年才被定名为胶东大鼓。

胶东大鼓主要唱腔有三大腔、起腔、二板、平腔、快板、垛板等，特点是音域宽广，音调高低变化很大，高亢又婉转，十分丰富动听。伴奏乐器起初只有鼓、板和三弦，后来逐渐采用戏曲乐队的伴奏形式，增加了坠琴、扬琴、二胡、四胡等多种乐器。胶东大鼓的曲目丰富，传统曲目以历史题材和反映农民生活的为主，如《呼杨合兵》《大破天门阵》《庄稼乐》《大螃蟹》等。

　　胶东大鼓根据所在地域及师承不同分为许多流派，流行于胶东北部蓬莱、掖县等地的为北路胶东大鼓，鼓点明朗起伏，旋律性强，是最有影响的一个流派；流行于威海、文登等地的为东路胶东大鼓；流行于胶东南部的为南路胶东大鼓，青岛今天所属的即墨、莱西、平度等地原来就流行南路胶东大鼓。各个流派虽然有各自的代表人物且风格特色不同，但又有明显的共性。抗战期间，胶东抗日政府组织盲人抗日救国会，当时的胶东文协经常组织盲艺人进行培训，集中在一起交流唱技，研究和改革唱腔。这样一来，胶东大鼓的共性更为加强，从演唱特点来看，都比较倾向于北路胶东大鼓。其中，北路胶东大鼓代表人物梁前光起到了重要作用。

　　梁前光原名梁守业，从小随父亲闯关东，1938 年 3 月参加抗日救国军，后到"山东鲁迅艺术学院"学习，曾在八路军五支队做过话剧演员。梁前光从小酷爱曲艺，也擅长唱莲花落。他很早就尝试自创鼓词，用大鼓的形式宣传抗日救亡。1942 年，胶东抗日政府多次派梁前光去给参加盲人抗日救国会的盲艺人进行培训，帮助他们创作新的鼓词，将大鼓这种胶东群众喜爱的曲艺形式纳入到抗日文艺的大家庭中来。

　　当时，参加盲艺人训练班的成员都有一些名气，他们有的唱蓬莱大鼓，有的唱栖霞大鼓，有的唱福山大鼓，演唱艺术各有所长，各有特色。梁前光一边耐心辅导他们唱新词，一边虚心向他求教。他们白天共同学习，晚上同台演出，教学相长，相辅相成。在此期间，梁前光熟悉了各地大鼓的风格和唱腔，经过反复推敲，取各家之长，改革创新，在唱腔上逐步形成了自己的风格，再加上自己编写的内容新颖的鼓词，久而久之，梁前光演唱的胶东大鼓被同行们誉为"梁派"胶东大鼓。胶东一带的乡亲们还亲切地称梁前光为"梁大鼓"，只要人们一听梁大鼓来了，太阳没落山就坐满打麦场准备听唱。

梁前光创作的《儿童英雄李大朋》《二营战斗》《血洒七里庄》《打大黄家碉堡》等作品，在胶东一带广为流传，许多人因受其影响而走上革命道路。

青岛解放后，梁前光到青岛工作，曾任"青岛市曲艺改进筹委会"副主任委员等职，为青岛培养了许多曲艺人才。梁前光使用过的钢板和鼓架后被中国人民革命军事博物馆收藏。

2006 年，胶东大鼓被列入第一批国家级非物质文化遗产代表性项目名录。胶东大鼓是胶东民俗文化的一个缩影，对丰富胶东地区人民群众文化生活、提高人民群众文明素质、促进人们全面发展，以及在推动地区乃至全国精神文明建设和构建社会主义和谐社会进程中，都起到了重要的促进作用。

胶东大鼓表演

7. 胶州秧歌

广场舞的活化石

1954 年春，胶县（今青岛胶州市）秧歌队参加山东省农民音乐舞蹈会演后，省文化厅暂留艺人谭敬甸、高益伦和杨洪花在济南担任秧歌舞蹈教练，筹备晋京演出。同年秋，胶州秧歌作为山东代表性舞蹈，参加了文化部举办的全国民间舞蹈会演，先后在首都工人俱乐部、清华大学礼堂和北京大学礼堂等地演出六场，大受欢迎。此后，受文化部委派，向中央领导人汇报演出，次日，全体参演人员在中南海受到了刘少奇、朱德、周恩来、彭真等党和国家领导人的接见并合影留念。这次晋京演出，使得这种胶东地方舞蹈一时间声名鹊起，全国一百五十多个文艺团体慕名到胶州学习，胶州秧歌也成为北京舞蹈学院的必修课。

胶州秧歌俗称"跑秧歌"，又称"地秧歌""耍秧歌""跷秧歌""扭断腰""三道弯"等，是流传于山东胶州的民间广场歌舞，距今已有近三百年的历史。相传，明朝年间，马姓、赵姓两户人家在胶西东小屯村定居，他们用歌唱民俗小调加舞蹈表演的艺术形式，走乡串户进行表演，以此来维持生计，这种表演便是胶州秧歌的雏形。后经几代民间艺人的逐步完善，至清乾隆年间，已初步形成一套比较固定的表演程式和音乐曲牌。秧歌队的组织者"秧歌爷"，每年定期以"安锅"的形式培训学员，排演秧歌，由此产生了以口传身授为教学方式的秧歌教师，使胶州秧歌得以传承与规范发展。到清咸丰年间，胶州秧歌发展成为一种独特的民间表演艺术形式。胶州当地流传有顺口溜："听见锣鼓点儿，搁下筷子搁下碗；听见秧歌唱，手中活儿放一放；看见秧歌扭，拼上老命扭一扭。"充分表达出百姓对胶州秧歌的喜爱之情。由于扭起来头、腰、腿各个部位都得到了充分运动和锻炼，至今还是市民首选的广场舞。

胶州秧歌演出需要演员十人，分为鼓子、棒槌、翠花、扇女等五个行当，表演程式有十字梅、大摆队、正挖心、反挖心、两扇门等，伴奏乐器除唢呐外，还有大锣、堂鼓、铙钹、小镲、手锣等。其动态特征是"三弯九动十八态"，所谓"三弯"指的是颈部、腰部和腿部；而"九动十八态"指的是四肢各自的弯部表现出来的各种姿态，有"拧、碾、抻、韧、扭"五大特点。"拧"是以腰肢为轴，脚下作为动作的发力点，动作轻柔但不失劲健挺秀，奔放洒脱；"碾"是在形成或移动重心的过程中，膝盖的推力反射在脚部的旋力上，呈现一种重抬轻落的力度美感，按照先脚跟、再脚掌外侧、然后脚掌、最后脚尖的顺序落脚；"抻"是启动或到达极点空间时，动作形态的瞬间持续，表现相互延伸的动作美感；"韧"是在流动的动作变形中，呈现出一种力的张扬，给人以不间断的力的延伸美感；"扭"是秧歌韵律的核心部分，体现在一举一动和一招一式中，以脚掌为动力，以脚跟为运动的支点，从而波及腰部和上半身。总之，整个步态动律是"抬重、落轻、走飘"。

胶州秧歌萌生于乡土，活跃于民间。电影《红日》插曲《谁不说俺家乡好》的音乐，就借用了其中的曲调；大型音乐舞蹈史诗《东方红》中的《葵花舞》，也借鉴了胶州秧歌的舞蹈形式。

2006年，胶州秧歌入选国家首批非物质文化遗产代表性项目名录。2008年5月8日，首届中国秧歌节在胶州举办，此后，

每两年举办一届，胶州成为中国秧歌节永久举办地。这种"三弯九动十八态"的广场舞历经风雨，依旧彩绸飞舞，红扇摇摆，鼓

胶州秧歌表演

点铿锵，笑容灿烂，保留着胶州古老大地上蕴含着的传统精神，在一扭一动中抒发着中国老百姓豪迈大气的风姿和昂扬向上的力量。

8. 宗家庄木版年画

棠梨木上的美好愿望

年画，是以年俗为主题的版画，也是中国人特有的民间艺术。国内许多地区都有特色鲜明的年画，如四川绵竹年画、天津杨柳青年画、山东潍坊杨家埠年画、江苏桃花坞年画，它们被誉为中国"年画四大家"。在青岛地区，最有影响的就是平度宗家庄木版年画。

宗家庄木版年画脱胎于潍坊的杨家埠年画。明清时期，年画已十分流行，每值年关，宗家庄的两户农民就到杨家埠贩卖

年画。不久，他们在村中开设了"公兴义"画店，有了自己的年画生产作坊。随后，他们开始邀请杨家埠的年画老艺人到宗家庄传授技艺，大大促进了宗家庄木版年画的发展。

宗家庄木版年画既和杨家埠年画一脉相承，又具有画面细腻工整、构图饱满、色彩鲜艳的鲜明特点。民国初年，只有七十户人家的宗家庄就有三十余户开设了年画作坊，以至于后来发展到全村几乎家家都以年画生产为业，成为远近闻名的年画村。此时，宗家庄的年画在胶东地区已经广有销路，每到冬季来临，村里往往呈现出全村老小一起上阵印制年画的繁忙场景；后来，这里的年画又走出山东，销往辽宁、吉林、黑龙江等省份。

宗家庄木版年画可以粗略地分为门画、窗画、居室画和神工画等品类。年画的题材，有表现人寿年丰、新春欢娱的风俗年画，如《金玉满堂》《喜庆有余》等；有表现神话传说、鸟兽花卉的装饰年画，如《麒麟送子》《榴开百子图》等；有表现历史人物和故事情节的戏曲年画，如《空城计》《穆桂英挂帅》等；也有以祭拜祈祷为内容的年画，如门神、灶神、财神之类；还有以民间笑话、寓言故事为内容的年画，形形色色，五彩纷呈。

宗家庄木版年画的居室画中有一种围桌画，主要在除夕供奉时使用，将其挂于供桌前，起装饰美化作用，这一品类在其他地区的年画生产中不多见。围桌划分为两部分，上部为围桌头，多为大红"福"字、"幕"字、"金玉满堂"等；主体为方形喜庆吉祥题材的画面，多为庆祝新年、麒麟送子、财神进宝等。此外，宗家庄木版年画中与窗子有关的也颇具特色。胶东老式民居墙壁较厚，有较宽的窗沿，窗户是棂子窗，用纸裱糊。老窗户久经风吹雨打，到了过年时就需要重新装点一番，窗画恰好能起到这个作用。根据张贴位置不同，宗家庄的窗画可分为窗旁画、窗顶画，在窗子的中间往往还会以窗花装饰，与旁边的年画相呼应。

真正让宗家庄木版年画与众不同的，还是创作者对于时新题材、历史事件的记录。清末民初，古老中国面临前所未有的变革，青岛作为港口城市开风气之先，而宗家庄的年画师们也将各种新生事物画进了年画里。在流传下来的宗家庄年画中可以看到，穿着现代服装的时髦女性、庆祝元旦、拜新年等新式年画题材纷纷出现。而让宗家庄年画在全国渐具名声的是以辛亥革命为题材的《湖北军事图》、以德日青岛之战为题材的《德日争夺青岛图》等画作，这批年画是在改革开放后才为更多

宗家庄木版年画

人所知。1981 年 2 月 10 日，《人民日报》发表题为《一幅珍贵的民间年画》的文章（叶又新撰稿）；同年 10 月 12 日，《大众日报》发表《一幅反映辛亥革命的木版年画〈湖北军事图〉》一文（叶又新撰稿），文中介绍了宗学铃及其创作的新题材年画《湖北军事图》，引起国内外专家的高度重视，并获得一致好评。2006 年，宗家庄木版年画被列入山东省首批非物质文化遗产代表性项目名录。

宗家庄人曾将自己对于生活的美好期待凝聚于刀头、笔端，刻画在棠梨木的木板上，再拓印成画，进入千万家。现在年画虽然已经远离了人们的生活，但年画中蕴含着的美好愿景却一天天变成现实。

五

海上崂山

崂山位于黄海之滨，主峰海拔 1132.7 米，是中国沿海最高的山峰，素有"海上名山第一"的美誉。崂山山海一体，风景秀丽，山奇、水秀、物美，自古以来就备受青睐，吸引着帝王将相、文人墨客纷至沓来，留下了大量的历史故事和名胜古迹，丰富了崂山的人文内涵。崂山是儒释道三教融合共生的文化名山，东晋高僧法显游历海外，于崂山登陆，宣扬佛法；崂山道教为"道教全真天下第二丛林"，盛时有"九宫八观七十二庵"之说；康成书院为汉朝经学大师郑玄讲学授徒之所。崂山自然与人文景观相得益彰，名扬四海，蜚声中外，是国内外著名的旅游胜地。

（一）文化名山

1. 郑玄讲学不其山

康成书院延续圣人文脉

东汉末年，天下大乱，征战不断，在即墨的不其山下却出现了一座安静的书院，书生们每日"子曰""诗云"，琅琅读书之声，愈发映衬出书院远离尘嚣的闲适与安静。这就是初创于汉灵帝中平五年（188）的康成书院，创立者是东汉有名的经学家郑玄。

郑玄（127—200），北海高密（今山东高密）人，原本家世十分显赫，远祖郑国是孔子弟子，但到郑玄出生时，郑家已经败落。郑玄自幼聪颖异常，被称作"神童"，年少时曾赴洛阳太学求学，后游学各地，遍寻天下硕学名儒，转益多师，孜孜求道，二十余岁时便因博览群书、精通天文地理，成为闻名天下的大儒。郑玄还曾千里迢迢西入关中，拜在经学大师马融门下，因其博学多识，深得马融激赏。郑玄学成东归时，马融发出了"礼乐皆东"的感慨。

汉灵帝末年，黄巾起义爆发，起义军一路攻破北海后，郑玄与门人崔琰等应不其侯伏完之邀，至青岛不其山定居，并于此筑庐讲学，因郑玄字康成，该书院被称为"康成书院"。

不其山位于崂山西北隅，郑玄的康成书院便坐落于此。因郑玄在当时有着极大的名气和影响力，追随者众多，康成书院初建时颇为兴盛。郑玄重视教化，门生满天下，甚至家中奴婢也都读书，言谈之间常以经史典籍之语对答。作为一代大儒，郑玄一生醉心于学术，即使受"党锢之祸"牵连而被禁锢十余年，仍潜心著述，遍注群经。他打破古文经学和金文经学之间的壁垒，贯通古今，择善而从，独创"郑学"，使经学进入了"统一时代"。

康成书院仅仅兴办了一年，便因天灾人祸造成的粮食奇缺而难以为继。虽然办学时间短，但却留下许多传说，千百年来传为佳话。直至今天，康成书院附近的村子仍以书院命名，称为"书院村"。另据史料记载，郑玄极为重礼，曾令门生排演古代礼仪，并向当地百姓展示，演礼之处便是今崂山北麓的"演礼村"。据说，郑玄在康成书院讲学著述时，经常到书院附近的野地采集草叶来编绳捆书，这种草便被称为"书带草"。唐代文学家陆龟蒙在游览康成书院故地时，由书带草联想到郑玄，曾写下《书带草赋》。

康成书院历经沧桑，早已倾圮无存。直至明正德七年(1512)，即墨知县高允中于旧址重建书院，购置经书，聘请教师，康成书院再度招收门生。但至清初，因即墨城开设了县学，康成书院遂无人经管，又再次废败。明清之际的思想家、学者顾炎武，于清顺治年间游览崂山，至康成书院，写下了"荒山书院有人耕，不知山名和县名。为问黄巾满天下，可能容得郑康成？"的缅怀之作。

郑玄于不其山授徒讲学，为地处偏远的崂山培养了一批可贵的儒生，延续了圣人文脉，开启了青岛的书院文化，也使当地民风为之一变；同时又恩泽后人，为青岛文化留下了宝贵财富，可谓功不可没，堪称万世之楷模。

2001 年，青岛市政府为褒扬郑玄功绩，弘扬先贤精神，决定恢复康成书院，并迁址于崂山南麓的太清宫东侧，正式定名为"崂山康成书院"。书院门上有一副楹联："括囊大典，网罗众家，春秋以来独步；集解群经，敷教百世，孔孟而后一人。"可谓是对郑玄一生最公允的评价。

2. 明僧绍聚徒立学

崂山儒学又一高峰

南朝齐高帝建元年间，青州刺史府内，青州刺史明庆符情绪低落、眉头紧锁、眼神呆滞、双手握拳，焦虑地在房内踱来踱去，仿佛连空气都变得异常沉重，让他感到无比压抑和不适。原来，他刚接到了上司的文书，自己无缘无故被解除了青州刺史的职务。闷闷不乐之间，明庆符忽然想到，发生了这么大的变故，还没来得及告诉哥哥明僧绍。于是匆匆忙忙向哥哥家走去。可没想到的是，他的哥哥听说此事后，不仅不以为意，反而规劝弟弟，要把精力转移到欣赏山水之美和追求自由自在的生活上。在哥哥的劝说之下，明庆符的心情逐渐好转。

明僧绍，南朝隐士、著名经学家。他的祖父明玩，为州治中；父亲明略，为给事中。明僧绍精通经教，儒学造诣很深，南朝宋元嘉年间曾两次被举为秀才，但他不乐仕途，而是潜心隐居在崂山，聚徒讲学，前后约有十余年。在崂山期间，明僧绍逍遥自在，幽游山林，他依托山岩石阶，在林中结庐而居，身着芰荷叶裁制的隐者之服，倾听着悦耳的山风吹过松林的声音。在崂山期间，明僧绍过着世外桃源般高尚而自由的生活，他的德行与学业令人叹服，前来执经问学者成千累万，络绎不绝，他的声望也越来越好。他甘于淡泊、不图富贵、洁身自爱、严持操守，就连当地的盗贼都因敬重他的仁德，相约不去骚扰明僧绍隐居讲学的地方。

南朝宋永光元年（465），镇北府征召明僧绍为功曹，他拒绝就职。宋明帝泰始二年（466），青冀两州被北魏攻占，明僧绍随家族南下建康（今江苏南京）。宋泰始六年（470），征召明僧绍为通直郎，他仍不肯就任。宋顺帝升明年间聘请明僧绍为记室参军，他还是不去。明僧绍的弟弟明庆符任青州刺史，明僧绍洁身自好，竟然一次也没有进过青州城。后来因为缺乏粮食，明僧绍随明庆符一起到了郁洲，住在弇榆山栖云精舍。齐高帝建元元年（479）冬，朝廷征召明僧绍为正员郎，他借口有病而不去就职。后来明庆符被解除职务后，明僧绍便跟着他返回建康，住在江乘摄山。齐太祖敬重明僧绍的高尚隐逸之德，赠给他一支竹根如意、一顶笋箨冠。永明元年（483），齐世祖敕命召见明僧绍，他仍以有病为借口，不肯相见；又下诏征聘明僧绍为国子博士，也不肯就任，直到去世。

明僧绍在崂山讲学，增强了当地的儒学风气，培养了大批人才，崂山民风民俗更加淳朴开明。明僧绍甘于淡泊、不图富贵、洁身自爱、严持操守的真隐士精神，也获得了后人的由衷崇敬。

3. 丘处机一言止杀

造就全真天下第二丛林

1222 年 8 月，蒙古大军西征路上，大漠之中，成吉思汗终于盼来了道家高人丘处机。大帐之外，天高云淡，旌旗猎猎；大帐之内，酒冽奶香，暖意融融。成吉思汗在大帐之中，盛情款待丘处机。

成吉思汗久慕丘处机大名，为了这次会面，早在 1219 年 5 月，就派使臣带着《召丘神仙手诏》，历时七个多月，来到山东"召请"丘处机。丘处机是道教全真道创始人王重阳的弟子，深得真传，学养深厚，号曰长春真人，其声名远播华夏，名震塞外。他接到使臣的诏书时，不顾七十余岁的高龄，立即整理行装，带领十八个弟子，于次年正月出发，欣然前往蒙古应召，期间历尽千辛万苦，终于在 1222 年，赶到了成吉思汗西征的大营。

"老神仙不辞辛苦，不远万里，应诏来此，朕心甚慰。"成吉思汗问道："老神仙鹤发童颜，听说已有三百多岁了，可有长生不老的药方？"

丘处机面色沉静，随口答道："贫道今年虚度七十三岁，哪有三百多岁啊？纯粹误传！至于长生不老的药方，道家确实有一派方士，说什么吃丹成仙，羽化飞升，不过都是自欺欺人而已。秦皇汉武信此左道邪术，劳民伤财，害人害己。唐代也多有君臣，为求长生而丧命。所谓道家长生久视之道、佛家涅槃成佛，都是虚妄之说。天下只有养生之道，而无长生之药。食不求饱，居不求安，清心寡欲，随遇而安，才是养生之道。"

"人人都留恋人间富贵，希望永世长存，这也是常情。可从古到今也没见到一个人能长生不老的。老神仙诚实无欺，确实道德高尚。"成吉思汗对丘处机的答复称赞有加。

"当今天下纷争，干戈寥落，不知神仙所虑，如何治国安民？"成吉思汗再次向丘处机请教。

丘处机颔首拂胸，答道："天下之道，以民为本，治国之道，以敬天爱民为本。"

成吉思汗频频点头称是，又问道："丘神仙，方今天下，连年争战，群雄争锋，如何一统天下，澄清寰宇？"

丘处机捻须良久，思略之后，郑重地说："当今之世，汉人的宋室朝廷偏居江南一隅，皇室昏庸，权臣当道，武备不修，江河日下。女真完颜氏所建大金政权，皇族倾轧，内部腐化，天灾不断，内外交困，国运气数已尽。党项族所建西夏王国，皇族篡位，后宫专权，民变不断，且在蒙古和金之间首鼠两端，也是穷途末路。宋、金两国慕贫道薄名，俱遣使者，召贫道出山，贫道云游山海，均未赴召。大汗英武盖世，用兵如神，自斡难河称汗以来，收克烈部、乃蛮部、太阳罕、蔑儿乞部、塔塔儿等部，草原各部慕义来归，可谓一代天骄。大汗是蒙古草原上翱翔的雄鹰，开疆拓土，纵横天下，亘古未有，堪称天下英雄。宋、金、西夏皆不足为虑，未来一统天下者，必为蒙古。

大汗麾下"四骏""四狗"骁勇无比，蒙古军队攻必克，战必胜，所到之处皆望风而降。欲统一天下者，必不嗜杀人。但蒙古军队攻城略地，所过之处，屠城焚城，戮百姓，杀降兵，兵锋所至，满目疮痍，生灵涂炭。天道好生而恶杀，治尚清静而无为。贫道万里赴召，一为大汗千秋伟业，更为天下苍生计，救民于水火，解民于倒悬，普度众生，离苦得乐。"

成吉思汗闻听此言，沉吟片刻，说道："丘神仙所言止杀之道，让朕茅塞顿开，醍醐灌顶，今后一定提醒将士，不得擅自杀掠无辜百姓。丘神仙之语，句句皆为真言，可在此长住，朕愿时时聆听神仙教诲。"

这次会面，丘处机和成吉思汗相处了半年多。在这段时间里，丘处机与成吉思汗朝夕相处，经常促膝长谈。丘处机的仙风道骨，博学多识，以及他所提及的道家思想和中原文化，都对成吉思汗产生了深刻的影响，成吉思汗将它们用在了治国、治军、治教之中。

1223 年初，丘处机师徒一行辞别成吉思汗，返回燕京。在返回途中，成吉思汗感念丘处机的教诲，给丘处机连发几道圣旨，并赐虎符玉牌，让丘处机掌管天下道教，免除道院和道众一切赋税差役。

如今，崂山太清宫三皇殿门口外的东西两侧墙壁上，各镶嵌一块碑刻，就是成吉思汗给丘处机和地方官员的圣旨。东侧墙壁的圣旨大意为：丘神仙一应所有的修行院舍等，每日吟诵经文，劝诫天下百姓，为皇帝祈祷祝寿。丘神仙和他的出家弟子以及全国各地道观，免去一应徭役赋税。给各地道观颁发免

崂山太清宫

除差发赋税的凭证。

西侧圣旨大意为：丘神仙，你上奏的公事很好。我前时已有圣旨文字与你，教你当天下所有出家善人的管理者。好的歹的你都管！

金虎玉牌所刻文字为：西域各部归化顺服，朕回到燕京，感佩你的辛劳，即刻赐你虎符玉牌。丘真人所到之处，如朕亲临。凡朕所有的城池，随其居住。丘神仙掌管天下道门，道门事务悉听神仙处置，他人不得干预。丘神仙所居宫观，差役全部免除。所在地各官府，常切卫护。

4. 张三丰三入仙山

一代宗师与崂山的不解之缘

松风飒飒，云雾缭绕，海浪一阵阵拍打着礁石，泛起朵朵浪花。只见一位青年闭目静坐于一个洞口处，四周风声、松声、海浪声，声声皆可入耳，但这青年似乎并未听到，仿佛置身于天地之间的唯有他自己。不知过了多久，青年忽地睁开双眼，似乎是悟到了什么，哈哈大笑，立起身来，下山而去。这青年不是别人，正是张三丰。而他静坐悟道之处，便是被称为"海上第一仙山"的崂山。

张三丰生于南宋淳熙年间，三岁双目失明，五岁拜在碧乐宫张云庵道长门下，后眼疾痊愈。十二岁立志读书，元世祖中统五年（1264）被举秀才，平章政事廉希宪对其颇为赏识，张三丰也由此开启了他的仕途之旅。或许曾生活于道观的经历影响了他，张三丰后来弃官不做，"乌纱改作道人装"，云游四方去了。

南宋景炎二年（1277），张三丰第一次来到崂山，在明霞洞修行十多年后，又继续踏上了四处云游之旅。宋元以来，道教内丹学兴盛，元朝延祐元年（1314），张三丰拜在钟南山火龙真人门下，学习道法。二十年后，张三丰再次问道崂山，先后在太清宫前的驱虎庵、玄武峰下的明曹洞等处修行多年。时光荏苒，白驹过隙，时隔五十多年，张三丰已从恣意潇洒的青年，变成鬓发斑白的老翁。世间沧海桑田，变幻万千，不变的，是张三丰的一心向道。张三丰在崂山传授道法，将道教医学和内丹养生相结合，将崂山道教发扬光大。

张三丰第三次问道崂山时，居住在村民苏现家中，随后便隐姓埋名，深入山林隐居去了。与之前两次不同的是，这位仙风道骨的道士，自海岛带来了耐冬花，将其种植在崂山上。从此，耐冬在崂山生根发芽，开枝散叶。尤其是隆冬之时，在皎皎白雪的映照下，耐冬愈发显得叶翠欲滴，自然可爱。张三丰三入崂山，在不少地方都留下了印记。明霞洞附近有一洞，名作玄真洞，洞口镌有"重建玄妙真吸将乌兔口中吞"等字样，是张三丰修行之处。相传，张三丰在崂山玉蕊楼羽化登仙，旁边的巨石上，留下了他的一件布衲和一双芒鞋，因张三丰自称"邋遢道人"，这块巨石便被称作"邋遢石"。众人寻张三丰不见，于是就在八仙墩的悬崖顶上为他建了一座衣冠冢，又在冢上砌了一座石塔，栽了两株耐冬树。这座石塔，被称为"张仙塔"。

太清宫曾有一株耐冬，名叫绛雪，花开之时，犹如漫天红霞，又如红色落雪，这也成为蒲松龄创作的《香玉》中花神绛雪的灵感来源。耐冬后来也成了青岛的市花，论其根源，则源于张三丰。

5. 憨山大师创建海印寺

一场有名的佛道之争

明万历初年，崂山道教太清宫一度倾圮，僧人憨山于宫前兴建海印寺，没想到，由此引发了一场崂山佛道之间的庙址之争。由于朝廷各方力量的介入，又使这场纷争最终演化为帝、后权力争夺的一个缩影。

憨山大师（1546—1623），本名德清，明神宗万历年间的高僧，俗姓蔡，字澄印，号憨山，是安徽全椒人。他自幼受到家庭熏染，萌发出家之志。十二岁入南京报恩寺，学习佛教经典和四书五经，学业大进。十九岁剃度，后受具足戒，因仰慕清凉国师为人，自命其字为澄印。二十一岁时，雷电引起报恩寺大火，他挺身而出，尽力解救被困的僧人，并设法维持寺院里的生活，这才使报恩寺保存了下来。此后，他立下远游修行、待机兴复报恩寺的宏大志向，先后云游庐山、扬州、京师等地，听过法华、唯识、因明等人的讲座，参拜过遍融大师、笑岩法师及若干名士。万历元年（1573）正月，他行至五台山，此地有憨山，奇秀无比，从此取"憨山"为号。憨山求学访道、拜会权贵、结缘皇家，声誉与名望在北方越来越大。万历九年（1581），憨山因在五台山建道场为皇家祈嗣，而深得神宗之母李太后的信赖，使他无形中卷入了宫廷内部的争斗。

万历十一年（1583）四月，为逃避纷争，憨山大师从五台山来到崂山，初居今华严寺之西的那罗延窟，后于当年夏季卜居于太清宫附近，于树下搭草席为居室，历经七个月，当地人张大心结庐使其安居。此时，崂山道教呈现衰落之势，太清宫道士流散，宫观败落，憨山产生了在此建造寺院的想法。万历十四年（1586），明神宗印大藏经十五部颁赐全国各地名山，太后特赐一部给崂山。为安置藏经，太后又赐钱建寺，并亲自赐额"海印寺"。万历十八年（1590），在憨山大师主持下，海印寺在太清宫三清殿前建成，一时香火大盛，皈依者众多，几乎可以媲美佛教圣地五台山与普陀山，成为山东省著名的佛教道场。

佛教势力的介入，激起了崂山道士的不满。万历十七年（1589），太清宫道士耿义兰等发起了对憨山大师的控诉。耿义兰首告憨山于山东巡抚衙门，巡抚将此案交莱州府审理，耿义兰的状告非但没有被准，他本人反而受到笞刑。耿义兰上告被打，激起了崂山一众道士的义愤，道士贾性全、连演书、张复仁、谭虚一、刘真湖等人又数次上告，均未被获准，反被治以诬告罪。无奈之下，耿义兰于万历二十三年（1595）进京告御状。通过白云观住持王常月的帮助，耿义兰的控疏得以呈送给神宗皇帝。疏中指控憨山犯有交通内侍、私冒皇亲、诈称敕旨、结党谋逆、霸占道产、殴毙人命、涂炭百姓、结交官府、私囤粮草等数种罪名，不乏虚假夸大之嫌。对于佛道两教，神宗皇帝本无偏好，只因与其母慈圣太后有"帝后之争"，遂厌恶佛事，迁怒于憨山。万历二十三年（1595），明神宗以私创寺院论罪，将憨山充戍广东雷州。万历二十八年（1600），朝廷降旨毁寺复宫，使前后费时四年、耗资巨大的海印寺毁于一旦。朝廷拨巨资复建太清宫后，敕颁《道藏》四百八十函，敕封耿义兰为"扶教真人"。崂山佛道的太清宫庙址之争，以道士的胜诉而告终，并因此促进了崂山道观的兴复与经籍的完善，崂山道教声望日隆，道众日渐增多。

崂山佛道两家的纠葛，实为万历年间宫廷"帝后之争"的工具。最终，憨山及海印寺不幸沦为牺牲品。对于这场佛道之争，明清两代各有评说，见仁见智，但大多是褒扬憨山、惋惜海印寺的态度。

6. 崇祯遗妃创作《离恨天》
宫廷音乐与道教音乐的融合

明崇祯十七年（1644）的一天，一行人乔装打扮成乞丐的样子，趁着夜色，匆匆逃离了紫禁城。这一天，李自成攻破北京城，刚刚过完三十四岁生日的崇祯皇帝自缢于景山。仓皇出逃的这群人中，有两位是崇祯的后妃，一位叫养艳姬，另一位叫蔺婉玉，她们一路向东而行，最终避难于崂山，在修真庵出家。

此前，南宋太妃谢丽、谢安在崂山避难，创作《谢谱》，将宫廷音乐与道教音乐合二为一。

养艳姬与蔺婉玉都熟通音律，来到修真庵后，二人不仅花重金重修了修真庵，还置办了各种乐器，把自己所学教授给修真庵的道姑们。崂山百福庵道士蒋青山，是明末崇祯年间的进士，他知道二人对宫廷音乐颇有心得，便邀请二人到百福庵研习道教音乐。养艳姬和蔺婉玉于是将宫廷乐曲《赏春》《山丹花》及传统曲目《青杨》《游湖》《泰山景》《将军令》《昭君》《归去来辞》《梅花三弄》等传播开来。百福庵后来成为崂山"外山派"应风乐的中心。

崇祯二妃在崂山百福庵虽有音乐陪伴，但仓皇出逃的场景始终历历在目，常常郁郁寡欢。二妃迫切想知道北京现在的情形。于是在顺治三年（1646），两人回到了北京。什么天最高？离恨天最高。什么病最苦？相思病最苦。养艳姬与蔺婉玉再次见到凤阙龙楼依然连霄汉，玉树琼枝仍旧作烟萝。尤其是她们仍心存侥幸，以为会有奇迹发生，听闻崇祯皇帝自缢于景山，无疑是晴天霹雳。物是人非，故人不在。二妃不由想到，凡尘俗事已成过眼云烟，山河破碎不过弹指一瞬，这怎能不让人心生感慨？她们又想起曾经的仓皇与狼狈，回望帝都，痛不欲生。于是二人作《离恨天》，来悼念逝去的故人和已经灭亡的大明朝，同时也述说她们人生的悲苦和生命的无常。

清顺治四年（1647），为祭奠崇祯帝遇难三周年，百福庵、童真宫、天后宫等组成的道士乐队，演奏了这首由蒋青山谱曲的《离恨天》。《离恨天》也被纳入崂山道教应风乐，成为其重要的组成部分。

顺治十七年（1660）三月十九日，是崇祯帝去世的第十七年，百福庵再次举行了祭奠活动。这一次，养艳姬和蔺婉玉谱写了《六问青天》，由道教乐队演奏。《六问青天》唱道："人死不能生，镜破不能圆……偷生在人间，别驾十七年，梦魂一次未团圆……"这是崇祯皇帝去世之后，二妃虽然苟活于世间，但却惆怅抑郁的真实写照。这首曲子寄托了她们对崇祯的无限思念。祭奠活动结束不久，崇祯二妃就在百福庵对面山凹的古松处自缢而死。崇祯二妃，终于完成了《离恨天》中"共登离恨天"的誓言。

崇祯二妃为崂山道教音乐的发展做出了贡献，其中祭悼曲牌《离恨天》《六问青天》《山丹花》等流传至今。

（二）仙山洞府

1. 李哲玄筑修三皇庵

崂山道教的兴盛

后周显德六年（959）八月十二日，崂山三皇庵许道人外出办事归山途中，恰遇庵主李哲玄携带包裹出游。见到许道人后，李哲玄从包裹中取出一卷《黄庭经》授予许道人，并对他说："我今远游，归期难定，可将此经带回，传言诸道众，切莫忘出家人之本分，须要参悟玄理，修炼身心，辅国济民，维教度世，不负为玄门弟子。见此经，如睹吾面，众皆勉之，勿负我嘱可也。"说完便飘然而去。许道人回到庙中以后，发现李哲玄闭目垂眉，端坐草塌，已经羽化升天了。

李哲玄，字静修，号守中子，河南兰考县人，生于唐大中元年（847）。与许多传奇仙道一样，李哲玄的出生也充满了神话色彩。他出生时，其母陈太君梦见房间失火，警觉间儿子出生，顿时红光满屋，许久才消失。

李哲玄天赋聪敏，诵读过目不忘，十五岁时场试中选，不久即登进士第。他性情喜好清静，喜欢阅读道书，无意在仕途中进取，于是便弃家云游，访学问道，虽多年未遇名师，但初衷不改。后邂逅罗浮山道士，此人曾经得到传说中的上古药学家桐君真传，数百年容颜不衰。他引李哲玄进入罗浮山中，传授大道。李哲玄潜修多年，颇得大道玄妙。李哲玄志在度世济人，遂离开罗浮山，于唐天祐元年（904）东游至崂山，与张道冲、郑道坤、李志云、王志诚诸人心相契合，遂留此长住。随后，他兴建殿宇，供奉三皇神像，名为三皇庵。

后周广顺三年（953）五月，久旱不雨，灾疫流行，当时李哲玄正在都城，他施药治病，患者很快便会痊愈，朝野上下均称赞他为神医。皇帝闻听李哲玄的高名，下诏命他祈雨，果然得大雨，灾疫顿息。皇帝对李哲玄礼遇有加，并询问他玄术之事。李哲玄从容应答，博得皇帝满意，皇帝决定厚厚地赏赐他。但李哲玄坚辞不受，皇帝遂敕封他为道化普济真人，遣使送归崂山。回山后，李哲玄居于山庵，不言不食，每日阅读养生修仙专著《黄庭经》。李哲玄去世后，道众们用坐棺将他装殓，葬于庵后东山之阳，至今仍然有墓地存在。

今天，崂山逢仙桥北端有古榆，虬枝盘曲，状如游龙，树高15米，树干最粗的地方为3.7米。树旁石上题刻"龙头榆"，字径30厘米，又有杨慕唐所写行书"唐天祐甲子李真人哲玄手植"。太清宫三皇殿东北角的黑石崮上有"拜斗台"题刻，字为魏碑体，字径60厘米，下附小字数行："本宫始祖李真人哲玄号守中子，敕封道化普济真人，于唐天祐元年甲子至本宫拜北斗于此。"《太清宫志》卷九还记载了李哲玄吟诗12首，表达了他对道教的尊崇和体悟，也是他在崂山的修道记录。

2. 刘若拙奉敕重修太平宫

崂山道教闻名天下

后唐同光二年（924），刘若拙入崂山参访高道李哲玄，二人相谈默契，他遂决定寓居崂山。刘若拙在崂山筑庵修炼时，山中多虎狼出没，常有伤害山民之事发生。为此，刘若拙勇力搏杀虎狼，为民除害，山民联合赠匾"驱虎狼庵"，因此此庵简称为"驱虎庵"。

刘若拙是唐宋间人，自幼在罗浮山出家入道，拜李哲玄的师兄青精真人为师。他道行高深，鹤发童颜，不知自己的年龄。他衣着破破烂烂，仅仅掩盖形体，不戴冠不踏履，冬日寒冷却不需火炉，夏天炎热而不用纨扇。

刘若拙早年与宋太祖相遇，深得太祖的赏识与重用，在宋初整顿道教的过程中，功不可没。乾德五年（967），右街道录何自守因犯事而遭流配，于是太祖诏崂山刘若拙为左街道录。开宝五年（972）十月，诏令刘若拙与功德使考核京师道士，对那些学业尚可而修道不纯者都加以训斥，整肃了京师道士群体。刘若拙的道术高超，每发生水旱灾害，太祖必召他于宫中设坛祈祷。刘若拙本应安心接受朝廷俸禄而颐养天年，可是他却坚决求归崂山。于是，宋太祖敕封刘若拙为华盖真人，在崂山敕建了太平兴国院，以及上清宫、太清宫两个别馆。太平兴国院因竣工于宋太宗太平兴国初年而得名（金明昌年间更名为太平宫），崂山道教因此获得了空前的发展契机，名闻天下。从此，刘若拙在崂山修行传教，一时盛况空前，四方士人前来求道者络绎不绝。刘若拙遴选弟子十余人，给他们传授道要。刘若拙精熟法教，他曾口授入道仪式、冠服品位，将其编为一卷，即为《三洞修道仪》，是道教正一戒律的重要资料。刘若拙善服气养生，九十余岁身体不衰，步履轻捷。

刘若拙的到来，使崂山道教摆脱了五代以来的衰败局面，获得了崛起的契机，道教理论和道观建设都得到了空前发展，影响日益扩大，地位日益提高，为全真道在金、元之际的崛起奠定了坚实基础，具有承前启后的意义。丘处机"华盖真人上碧霄，道山从此蔚清标"的诗句，将刘若拙对崂山道教的卓越贡献做了恰如其分的评价。

宋淳化二年（991），刘若拙羽化，葬于即墨县东关高真宫前（今即墨市东关小学院内），其墓于元、明两代曾重修，至今保存尚好，为青岛市文物保护单位。其墓葬封土呈圆锥形，高约1.5米，直径约4米。墓前尚存明代石碑一座，正中镌有"元敕封华盖刘真人之墓"，右款"明万历二十年八月一日"，左款"知即墨事关中李奎立"等字。

3. 深山巨刹华严寺

历经浩劫的佛教道场

在青岛，有这样一座三面环山、一面临海的寺院，在近四百年的历史中，历经沧桑却宏伟依旧，它便是坐落于青岛市崂山区王哥庄街道的华严寺。

华严寺曾名华严庵、华严禅院，属佛教临济宗。寺庙屹立于深山之中，占地约四千平方米，建筑面积两千平方米，为四进阶梯式院落，由山门、大雄宝殿、观音殿、韦陀阁、藏经阁、客堂等建筑组成，房屋共计一百二十余间，规模可观。整个寺院依山而建，寺前盘山道两旁竹松夹道，风景优美。

华严寺始建于明末崇祯年间，至清顺治年间落成。它的修建，与佛经当中的一段传说有关。据说，佛教中的那罗延在成佛前，曾带领徒弟在崂山的一处山洞中修炼。当他修炼成佛后，以其巨大法力将洞顶穴口破开，升天而去，从此这处山洞便被称为那罗延窟。

明代高僧憨山大师在翻阅《华严经》时，发现佛经中提到，崂山那罗延窟乃菩萨众仙所居之处。于是，憨山大师便于万历年间自五台山来到崂山，在返岭半山腰处发现了一处石窟。此石窟宽七八尺，洞深及高各十五六尺，四壁光滑如削；石壁上方凸出一方薄石，形状极似佛龛。一束天光恰能从上方洞穴口射入，可照见石壁上的一处巨大印记，这个印记仔细看仿佛是拇指与食指相捏，其余三指伸展，与佛经中的手势相似，而下方层叠的石壁则像极了众佛雕像。于是，憨山大师认定，此处即为《华严经》中所提及的那罗延窟，决意在此坐禅修行。

憨山大师留在崂山后，积极弘扬佛法，荒年赈灾，广结善缘。当时即墨五大望族之一的黄氏家族笃信佛教，与憨山大师多有往来。其中，黄纳善选择皈依佛法，拜憨山大师为师，且在临终前交代后人修建寺庙。其侄黄宗昌遵叔父遗志，先将黄家佛堂改建为准提庵，随后又在崂山建华严庵。但华严庵未建

崂山华严寺

成便毁于战火，成为黄宗昌终身憾事。黄宗昌死后，其子黄坦筹集资金，终将寺庙续建而成，并请临济宗第四代传人慈沾大师为第一代住持。华严寺山门附近有一塔院，为历代主持的藏骨处，慈沾便埋骨于此。相传，抗清的农民英雄在起义失败后在华严寺出家，死后遗骨也藏在此处。

至民国时期，华严寺发展至鼎盛，共有寺僧八十余人，与有着一千五百多年历史的石佛寺、法海寺并称为崂山佛教三大寺院。寺中保存了颇多古籍，如清雍正年间刊印的《大藏经》，元代的手抄珍惜善本《册府元龟》等。

二十世纪八十年代，青岛市政府拨款修复华严寺，并将其列为青岛市重点文物保护单位。重修后的华严寺，雕像栩栩如生，建筑华丽典雅，成为青岛重要的佛教文化中心之一。

（三）名人游踪

1.“劳山餐紫霞”
诗仙李白的山海情怀

"泰山虽云高，不如东海崂。"在中华大地上，崂山素有"海上名山第一"之称，道教文化浓郁，备受王侯将相、文人骚客、道教人士的推崇。而诗仙李白曾经在一千二百多年前到过崂山，写下了"我昔东海上，劳山餐紫霞"的名句。

李白来崂山之前，刚被唐玄宗"赐金放还"，心情极度郁闷。道士吴筠作为李白的好友，约李白来崂山游玩。唐天宝三年（744），李白和吴筠来到崂山。当李白登上崂山，看到这幅山海雄阔的美丽画卷后，被眼前烟波浩渺、水天一色、山海相间的景色惊呆了。尽管他已遍览天下名山大川，见到过"连峰去天不盈尺，枯松倒挂倚绝壁"的蜀山，见到过"两岸青山相对出，孤帆一片日边来"的天门山，领略过"半壁见海日，空中闻天鸡"的天姥山，领略过"众鸟高飞尽，孤云独去闲"的敬亭山，欣赏过"孤帆远影碧空尽，唯见长江天际流"的长江，欣赏过"黄河之水天上来，奔流到海不复回"的黄河。然而，雄伟的高山和波涛汹涌的大海互相映衬的山海奇观，他还是第一次看到。恍惚中，他联想到曾经读过的诗篇，似乎看到了秦皇汉武曾经追随的仙人安期生，于是便吟诗一首，表达了自己愿意随之隐居修道的愿望，这便是名篇《寄王屋山人孟大融》。诗中写道："我昔东海上，劳山餐紫霞。亲见安期公，食枣大如瓜。中年谒汉主，不惬还归家。朱颜谢春辉，白发见生涯。所期就金液，飞步登云车。愿随夫子天坛上，闲与仙人扫落花。"他说，在东海的崂山上，看到美丽的山海景色；与有名的神仙安期生不期而遇，看见他吃的枣子竟然像瓜果一样大；既然报效朝廷的愿望难以实现，还不如跟着安期生腾云驾雾，做个快活神仙。在太清宫背后的垭口，沿着蟠桃峰的梯子石北上，登上五百余级台阶，就能看到右前方的石壁上，刻着李白的这首游崂诗。左侧路边立着一块高三米的长方形巨石，上刻"太白石"三字，就是为纪念李白游览崂山而雕刻的。

据说崂山道教音乐闻名于天下，也有李白的功绩。一日，李白和吴筠在蟠桃峰下对饮，松风海涛交响，鸟鸣虫叫入耳，李白不由得诗兴大发，吟出一首《清平调·蟠桃峰》。回到下清宫后，当李白再次吟咏时，吴筠为之谱上了曲子，这就是流传至今的崂山道教名曲《步虚》。

李白游览崂山的行状和诗歌，不久之后传到朝廷，唐玄宗大为赞赏。天宝七年（748），他曾派道士到崂山考察采药，并赐崂山名为"辅唐山"。加之李白诗歌产生的积极影响，自此崂山名声大振，天下皆知。

2. 蒲松龄书写崂山道士

广为流传的民间故事

提到崂山，就不得不提到家喻户晓的崂山道士，这要从蒲松龄的短篇小说《崂山道士》说起……

世家子王生钦慕仙术，负笈拜师崂山道士，道士让其持斧砍柴接受磨炼。期间，王生虽亲眼见识了道士剪纸成月、壶酒无穷、箸化嫦娥、月中饮宴等诸多神奇无边的法术，但仍对诸种磨炼叫苦不迭，几度生出回家之念。数月后，王生终于不堪采樵之苦，向道士辞行归家。行前，王生请求道士传授他破墙穿壁之术，以慰藉自己求教之心。于是，道士便向他传授了口诀，告诫他要敬待法术，否则不灵。王生回家后，立刻向妻子炫耀学得的穿墙术，但却因亵玩法术，不仅没能穿越墙壁，脑袋反而被坚硬的墙壁碰出了大包。

《崂山道士》故事中蕴含的深意，让读者回味无穷，后来该小说还被改编成影视作品，成为尽人皆知的民间故事，并广为流传。后来，这篇小说还流传到国外，被译成多种文字。

蒲松龄一生中，除出游江苏宝应之外，仅登临游览过崂山和泰山，但从他的作品可以看出，崂山留给他的印象格外深刻。这大概是由于崂山自古就被赋予玄幻色彩，而蒲松龄恰好又具备追踪神妙的热情。冥冥之中，气质相似的此山与彼人相互吸引，生成了某种无形的默契，促使他两次到访崂山。

1672 年夏天，蒲松龄与友人唐梦赉、张绂、高珩等一行八人首次畅游崂山，返程时天降大雨，雨后初晴时分，他们惊喜地目睹了海市蜃楼奇观。孤城、精庐、车马、山丘、围猎等景象瞬间变幻，让蒲松龄大开眼界，也使他体悟到人间富贵转头皆空的虚幻。

这次崂山出游，蒲松龄念念不忘。不久后，他再次来到崂山，借住在太清宫内的关岳祠，一边搜集素材，一边进行文学创作。在这里，蒲松龄激情洋溢地创作了短篇小说《香玉》和《崂山道士》。其中，《香玉》是以崂山上清宫白牡丹的传说和太清宫的耐冬为题材；而《崂山道士》的创作，则是受到了崂山道长的启发。

一天晚上，皓月当空，蒲松龄正在崂山太清宫写书亭里独坐凝思，忽然听到三清殿内三声鼓响，一抬头，恍惚看见对面墙上有一道士，他把头一低，一闪而过，轻松地穿过了墙壁。蒲松龄定神看时，才发现原来是送茶道士的影子。于是，蒲松龄灵光乍现，写下了《崂山道士》中的"王生穿墙术"。

实际上，《聊斋志异》中的《成仙》《海公子》《阳武侯》《罗祖》《醢石》《公孙九娘》等故事，也都基本取材于崂山道教或崂山民间故事；而《公主》《柳氏子》《黑鬼》等，述及即墨、胶州等地的故事，也与崂山有着千丝万缕的联系。此外，蒲松龄还曾与当时太清宫、百福庵的道士，一同研究琴法和音律，并将俚曲和鲁南弦子戏中的一些曲牌传给太清宫道士，还与道士蒋清山创编琴曲《云石风松》，对清代崂山道乐的发展有推动作用。

今天，太清宫的院子里，立有蒲松龄面庞安静的坐姿雕像，他旁边白色的墙，就是神奇的穿墙壁。据说只有心无挂碍、不染纤尘的人，才能穿过此墙。

千百年来，沧海横流，云烟一瞬，以蒲松龄为代表的诸多名人纷至沓来，带着对仙境的悠然神往，谱写崂山不朽的篇章。他们挥动生花妙笔，通过自己的方式，与这片山海发生着关联，不断书写、讲述着这座海上仙山的神秘和传奇。

3. 文人墨客寄情北九水
一个贪看斜阳的时代

1933 年夏天，沈从文在去往北九水的路上，见到一个因家里老人去世、奉灵幡引路哭泣的姑娘，沈从文仿佛感受到姑娘的痛苦与悲伤，她的淳朴与善良给沈从文留下了深刻的印象。沈从文当时便向身边的朋友说，要将这个女孩的不幸写成故事。后来，这个女孩成为沈从文创作《边城》的灵感来源。崂山的翠峰碧水孕育了北九水人的淳朴与善良，湘西的青山绿竹造就了茶峒人的自然与纯粹。东海与湘水，因为沈从文与小姑娘一次偶然的相遇，结下了不解之缘。

当代著名作家肖复兴在《崂山的前世今生》中说，北九水的前山多数出现在古代文人的诗文里，而后山则体现的是现代文人的情怀。他们用或清丽或朴实的语言，为我们展开了一幅青山绿水下充满乡土人情的画卷。

二十世纪初，崂山山峰险峻，难以攀爬，无人问津，因此崂山被当地人称之为"劳山"。而三十年后，经过政府的重视与建设，崂山成为颇为著名的旅游景点。当时有不少文人在国立青岛大学任教，时任青岛市市长沈鸿烈为发展崂山旅游，特地邀请他们前往游览参观，沈从文、梁实秋、杨振声等人都曾在崂山驻足流连。

二十世纪三十年代初，沈鸿烈助力崂山旅游，修复了一批崂山建筑。原为胶济铁路职员的栾心甫，将德国人的麦克伦堡疗养院改造成崂山大饭店，这里集游览、避暑、疗养、宴客、结婚、蜜月旅行等于一身，成为当时游玩崂山休整歇息的不二场所，当时的文人们游览北九水时多在此处下榻。1931 年 9 月 13 日的青岛《中华报》上有这样一则广告："到崂山去避暑，比莫干山伟大，比北戴河美丽，比青岛市节省。唯有柳树台崂山大饭店最相宜。"苏雪林在《劳山二日游》中称，当时的崂山大饭店把广告打在了车票上，旅行社所买车票上印有"劳山饭店可以午餐"的字样。崂山大饭店有旅游专车，广告内容为"经济、舒适、稳妥、迅速"，还宣称崂山大饭店是"山中唯一宏大富丽景美价廉的饭店"。崂山大饭店伫立在千岩万壑间，站在顶楼远望，远山与烟海，苍茫可见。

北九水除有青山碧水、峦峰幽涧的自然风物，也有承载历史文化的人文景观。郁达夫曾在北九水避暑，他从九水到九水庙的这一段路上，发现许多碑铭石刻。行经王子涧时，发现旁边的连捷桥题名碑，已有百年历史；路过九水庙前，又发现光绪年间修建的保合桥，桥旁还有勒石碑纪；分花拂柳间，郁达夫到达柳树台西南的竹宽村，在这里他看到了同治四年所立的段氏节烈碑。这些碑刻串联成北九水一道探寻人文印记的风景线，为北九水增添了浓厚的文化底蕴。

　　近代文人黄公渚曾在秋日傍晚独自游览北九水时写过一首词："况摇落、清秋时候。坐溪桥、贪看斜阳，趁昏鸦归后。"

　　从"我昔东海上"的李白，到以为误入桃源的高凤翰，古代有不少文人沉醉于崂山的奇峰秀水。而在北九水的秀丽风光中，也处处留下了现代文人的印记。崂山的二十世纪三十年代，也成为文人笔下贪看斜阳的时代。

后　记

　　《丛书》（下编）的编纂，是在中共山东省委宣传部直接领导下完成的。省委常委、宣传部部长白玉刚同志统筹策划部署，并担任编委会主任，多次主持召开编委会会议，提出明确目标要求和指导意见。省委宣传部分管日常工作的副部长、省文明办主任、省新闻办主任袭艳春同志对本书的立项出版、风格设计等方面提出了许多宝贵意见。在魏长民、毕司东、程守田、张同海、冷兴邦等同志的大力指导支持下，以教育部人文社科重点研究基地山东师范大学齐鲁文化研究院为学术挂靠单位，组建了《丛书》编纂学术委员会，具体负责编纂学术指导、质量把关、终审定稿工作。山东师范大学特聘资深教授王志民任主任，山东大学儒学高等研究院教授杨朝明、中共山东省委党史研究院原一级巡视员韩延明、鲁东大学原副校长刘焕阳、山东齐鲁师范学院原副院长刘德增任副主任。

　　《丛书》（下编）为每市一卷共16卷，都列为山东省社科规划一般项目。在省委宣传部统一领导下，各市委宣传部负责本市卷的具体组织编纂工作。《丛书》编纂学术委员会制定了统一的《编撰体例》《编撰指导意见》；在主任全面负责下，分为4个片区，各由一名副主任作为首席专家具体指导，杨朝明教授：淄博、泰安、济宁、枣庄；韩延明教授：潍坊、临沂、日照、菏泽；刘焕阳教授：青岛、威海、烟台、东营；刘德增教授：济南、聊城、德州、滨州。各市委宣传部认真落实省委宣传部、编纂学术委员会的部署，大力支持编纂工作，组织有关部门与专家对提纲设计、样稿研讨、通稿定稿等关键环节，反复研讨、审议；各片区进行了多次研讨交流，相互借鉴，取长补短；各卷主编和全体编纂人员团结合作、齐心协力，付出了艰辛劳动。山东文艺出版社提前介入，对编纂工作和撰稿体例等提出了许多宝贵意见。在此，我们谨向为《丛书》编纂付出心血的各位领导、专家、作者和所有相关同志们表示诚挚感谢！

本册编纂，得到首席专家刘焕阳教授悉心指导，中共青岛市委常委、市委宣传部部长刘升勤同志，分管日常工作的副部长姜剑超同志给予多方关心支持；本市管习会、郭永彬、刘坤、蔡勤禹、孙瑞亮等同志提出诸多意见和建议。市社科联（院）副主席王春元同志担任主编，全面负责本册的编纂工作。具体撰稿分工如下：第一部分由周兆利、蔡连卫、陈国庆、崔燕、景菲菲、耿宇、任环宇、付洁、刘少帅、刘鹏撰写；第二部分由周兆利、尹锋超、詹琦乐、颜睿成撰写；第三部分由蔡连卫、陈国庆、任环宇、程子芳、孙海萌、刘少帅、刘鹏、王南冰、戴羽彤、张晓东撰写；第四部分由张彤、纪丽真、付洁、刘少帅、王南冰撰写；第五部分由任颖厄、付洁、刘少帅、刘鹏、王南冰撰写。

由于学识水平与编纂时间所限，不足之处在所难免，敬请专家和读者批评指正。

编者

2023 年 8 月